冯玉奇·通俗小说
FENGYUQI
TONGSUXIAOSHUO

NUANGU
SHENGCHUN

暖谷生春

冯玉奇 /著

中国文史出版社

图书在版编目（CIP）数据

暖谷生春 / 冯玉奇著. -- 北京：中国文史出版社，2024.2

（冯玉奇通俗小说；7）

ISBN 978-7-5205-4403-0

Ⅰ. ①暖… Ⅱ. ①冯… Ⅲ. ①长篇小说-中国-当代 Ⅳ. ①I247.5

中国国家版本馆 CIP 数据核字（2023）第 197372 号

责任编辑：蔡晓欧

出版发行：**中国文史出版社**

社　　址：北京市海淀区西八里庄路 69 号院

邮　　编：100142

电　　话：010-81136606　81136602　81136603（发行部）

传　　真：010-81136655

印　　装：廊坊市海涛印刷有限公司

经　　销：全国新华书店

开　　本：880×1230　1/32

印　　张：5.375　　字数：81 千字

版　　次：2024 年 2 月第 1 版

印　　次：2024 年 2 月第 1 次印刷

定　　价：42.00 元

目　　录

一　柳浪闻莺无意惊双美

一个暮春的天气，在这西子湖畔的风景，真是幽美极了。草长莺飞，鸟语花香，青青的山，绿绿的水，衬着蔚蓝的天、电光色的白云，这一切一切的景物，是够使人陶醉的了。湖水像一个无忧无愁的安闲人儿，她始终很平静的并不起一些儿波浪。偶然一阵和暖的春风吹来，那湖面上也不过略为起了一些波纹，接着又像一面澄清的圆镜般差不多连人面孔上的嘴眼耳鼻都可以找得出来。

斜阳的光芒，是带了一些赭红颜色，它从西半边的天际里照映着整个的湖面，使那微微地动荡着的湖水，更添了不少金银的光彩，仿佛千百条的彩色小蛇儿，在湖水中忽吞忽吐地活跃着。这时湖面上边驶行着游船，船顶上张着白白的布棚，此刻也映成粉色的

1

颜色，远远望去，好像是幅天然五彩的油画，这就无怪那些骚人墨客，要在这幽美的境界流连忘返了。

其中有一只游船里坐了两个豆蔻年华的少女，她们美目流盼地欣赏着这黄昏中西子湖的晚妆，觉得更有一种说不出妩媚而娇艳的风韵。那一个稍长的姑娘，穿着一件湖色爱国布的旗袍，装束非常的朴素。头发并没有烫得十分卷曲，但乌油滑丝的却十分光洁。头顶上扎了一根湖色的丝带，所以春风虽然不停地吹拂她，她的云发也并不过分的散乱。她的脸是鹅蛋形的，皮肤相当细腻，所以她虽然并没有涂着脂粉，但也令人感到十分美丽可爱。她的眼睛非常活泼，时时地透露着一种热情，这热情的光芒给予每个人的心头有种暖意的安慰。还有一个较矮的姑娘，她的装束，要摩登得多。头发烫成波浪形的，绯红的胭脂把她的两颊涂成了一个苹果似的。小嘴儿抹着唇膏，娇滴滴的仿佛一颗四月里的樱桃。她掀着嘴儿，老是浮泛着甜蜜的微笑，这微笑使人感觉有诱惑的成分。她回过头来，望了那个朴素的姑娘一眼，低低地说道："秋兰，黄昏降临下的西湖更觉美丽可爱了，我想假使在晚上来游湖，那当然另有一种幽静的景色吧！"

"是的，不过天上最好要有挺大的月亮，那时候三潭印月是再好也没有的了。假使月色不明亮，黑黝黝的那就没有什么意思了。白苹，你要在月夜玩三潭印月，那你就住在我的家里，这样机会比较多一些。不过我家地方很小，你住着一定会感到不很舒服的。"

　　秋兰听她这样问自己，遂点点头儿，微笑着告诉着说。那个白苹哧地一笑，秋波乜斜了她一眼，又嗔又笑地说道："你听，你听，我还没有说住在你府上哩，你就拿地方小的话来拒绝我了！"

　　"啊呀！你这个鬼丫头，真不是好人，我倒是实在的话，你却来挖苦我。我……可不依你，非得叫你讨饶不可！"

　　她们两人原是并肩而坐的，秋兰叫了一声啊呀，气鼓鼓地说，一面伸手到她胁下去胳肢，呵她的痒。白苹最怕的就是肉痒，所以倒在她的怀里，咯咯地笑得透不过气来，只好央求着说道："好姊姊，我下次不说了，你饶了我吧！当心船儿翻了身，我们变成落汤鸡了！"

　　"好！我就饶了你，不过，你今夜得宿在我的家里。"

　　秋兰这才扶起她身子，很得意地说。白苹沉吟了一会儿，把手儿理着弄乱了的云发，很正经地说道："只怕我姑妈心里要着急，还以为我真的掉在湖里了呢。"

"怕是你姑妈以为你和知心朋友约会去了呢。"

白苹被她这么一说，急得粉脸儿更加通红了，嗯了一声，秋波逗了她一个娇嗔，身子又滚到她怀内去，缠绕着说道："我不要，我不要，自己老同学，还说什么这些俏皮话呢？你这人嘴儿终是那么尖利的。我要如……那我一到杭州，也不会急急地来望你了。"

"小妹妹，别生气，我跟你说着玩儿的。不过，你假使真的还把我当做老同学看待，那你就不妨在我家里住几天。"

秋兰见她噘着小嘴儿，显然有些生气的意思，这就含了笑容，向她又低低地说好话，一面又正经地劝她住到自己家里去，表示十分亲热的样子。白苹连忙说道："今天我出来的时候，并没有跟姑妈说好了，所以我不得不回去的。否则，叫姑妈报告警察局四处乱找人，那不是笑话？我想明后天向姑妈说定了，那时我一定来你府上打扰几天，你说好吗？"

"我绝不会说不好，只要你心里愿意。"

秋兰还有些怨恨的样子，微嗔地说。白苹却靠着她肩头，兀是淘气地笑着，说道："我愿意，我怎么不愿意？我愿意娶你做妻子，跟我永远在一块儿过日子呢！"

"啐！女孩儿家，你说得出来，不怕难为情吗？"

白苹已经说出了口，也觉得女孩儿说话未免失了检点。此刻被秋兰这么一取笑，自然格外地感到难为情，绯红了两颊，把脸在她怀内乱藏，忍不住又咴咴地笑个不停。秋兰见她这一阵子嬉笑，船身也随着颠簸起来，于是连忙又说道："好了，好了，我们规规矩矩的，谈谈正经的吧！"

"这话倒不错，我先问你，我们分别了三年，你可有个知心的好朋友了吗？"

白苹坐正了身子，秋波逗了她一瞥顽皮的媚眼，笑盈盈地问。秋兰听她话中分明又有些吃豆腐的成分，这就娇嗔地笑道："这算是正经的话吗？我瞧你呀，这小姑娘三年不见，真是有些儿变的了！"

"啊呀！我这些话难道有什么不正经的地方吗？我说你呀，自己存了歪心眼儿，所以把这"好朋友"三字误解了，比方说，我们之间，能算好朋友吗？"

秋兰听她这么一解释，倒是弄得哑口无言了。遂又恨又爱地白了她一眼，抿嘴笑了笑，指指她额角，说道："上海到底不是好地方，瞧你只有去了三年，就学得这么油腔滑调了，要知道再过三年的话，保险你知心好朋友有三四打……"

"嗯，你是好人，你就该这么的取笑我吗？我不依，我不依！"

"咦！咦！你这话奇怪了，我取笑你什么呀？难道你把知心好朋友五个字也误解了吗？那你这人未免是只有自己，没有别人的了。"

白苹于是也无话可答，笑了一笑，恨恨地逗给她一个娇嗔。秋兰握住她的手儿，扬了眉毛儿，乌圆眸珠一转，得意地笑道："你不用怨恨我，这是我学你的好样子呀！"

"好，好，我佩服你的聪明。你这人真是一些不客气的，照理说，我们老同学三年不见了，现在碰在一起，应该亲亲热热地谈谈才对，怎么你倒尽管跟我吵嘴呢？"

"你不知道，欢喜冤家见了面，才是这样又亲热又吵嘴的。"

秋兰这两句话，说得白苹方才又哧哧地笑了一阵。白苹偎了她的身子，两人呆呆地向澄清的湖水望着出了一会子神。黄昏的空气是很静悄，小鸟儿三五成群地掠空飞过，低鸣着安息的晚歌。游船慢慢地靠近了岸边，秋兰向那边一指，说道："前面就是柳浪闻莺，我们要不要上岸去游玩一会儿？"

"好的，几年不到杭州，觉得杭州的景致更加美丽了。"

两人说着，遂吩咐舟子把船靠近岸旁，携手一同舍舟登陆。叫舟子稍等片刻，她们便到柳浪闻莺那儿去了。这里是个亭子的模样，里面立了一块碑，上书"柳浪闻莺"四字。抬头见四周景物，清静幽雅，柳树成荫，有不少黄莺儿穿梭般地在柳丝中飞来飞去，歌唱着婉转悦耳的鸣声，使人心怡神旷，十分的快乐。白苹在草地上倒身躺下，向秋兰招招手，笑道："这天然的席梦思，软绵绵的多舒服啊！来吧，我们一同来躺着休息休息。"

秋兰遂也笑盈盈地坐了下来，两手环抱了膝踝，抬头望着蔚蓝的天空，好像静静地在听黄莺儿歌声的样子。白苹见了，哎了一声，笑道："秋兰，从前你在学校里音乐成绩特别的好，歌声一起，同学们都把你誉为金嗓子。今天在这么幽美的境地里，我想请你唱一曲歌给我饱饱耳福，不知你肯不肯唱给我听听呢?"

"好久不唱歌了，恐怕现在唱不好了。"

"又不是叫你登台表演，就是唱得不好了，那也没有什么关系啊，难道还有什么人会闹退票吗?"

白苹含了笑容，向她絮絮地怂恿着说。秋兰点头说声"也好，我就试试，反正这儿没有什么闲人在着"。她一面说，一面又咳了一声，想了一会儿，忽又问道:"我唱什么呢?"

"唱个《想情郎》也好。"

"小鬼! 你狗嘴里又长不出象牙来，我可不唱了!"

秋兰红晕了粉脸儿，恨恨地骂了一声，扬手要去打她。白苹却把身子一滚，躲了开去，一面又哧哧地笑个不住，说道:"谁叫你问我的? 我并不是说你想情郎，我是叫你唱个《想情郎》。你把歌簿子翻开来找寻找寻，《想情郎》不是也有的吗?"

"这种歌词儿我可不情愿唱。"

"那么你要唱什么就什么，反正我没有指定你唱什么，只要你唱一曲我听听，也就是了。"

白苹把身子又从草地上滚回来，一本正经地说。秋兰见她穿的是件苹绿软绸的旗袍，完全还是新的，这就又说道:"当心衣服被枯枝儿弄破了,不是怪可惜的吗?"

"这软绵绵的天然席梦思,哪来枯丫枝呢!你别打岔儿了,快唱吧!"

"那么我来唱个父母子女主题歌。"

秋兰凝眸含睾地想了一会儿,低低地说。白苹点头说好。秋兰这就微仰了脖子,两眼望着天空中的朵朵白云,轻声樱口地唱道:"春天儿美丽,春天儿妙;春天儿快乐,春天儿好!春到人间乐逍遥,大地的万物生长了!小鸟儿,吱吱叫,孩子们,哈哈笑,无忧无虑在欢跳。算一算年纪大家也不小,父母子女合作好。合作呀!合作呀!合作呀!合作!"

白苹听秋兰很曼妙地唱着,其声铿铿然,真仿佛百啭黄莺,悦耳动听,洵不愧为金嗓子。正欲叫好的时候,忽听远处先来一阵拍手的声音飞渡耳际。白苹秋兰都很奇怪,遂连忙回眸望去,只见那边柳树旁站了一个俊美的少年,穿了一套笔挺的西服,满脸含了微笑,还在拍手称好。秋兰想不到会被一个陌生的男子听到了,自然非常的难为情,这就红了脸儿,不知怎么才好地垂下了粉颊,默不作声。白苹见那男子还慢慢地走了过来,于是从草地上一骨碌翻身跳起,表示有些恼怒的样子。那少年走到了她们面前，便开口笑着说道："你这位小姐歌儿唱得真好极了，请教贵姓呀？"

"咦！你这人真是太奇怪，我们唱我们的，你走你的路，好不好与你有什么相干？陌陌生生的就问人家贵姓呀！嘿，你真有些儿神经病！"

白苹说话倒是相当的干脆，把柳眉微微地一竖，秋波逗了他一瞥娇嗔，冷笑着回答。这叫那少年倒是弄得没有落场势了，也不由得红了脸儿，搓搓手儿，讪讪地一笑，向她们鞠了一躬，还连说了两声对不起。他回转身子，便只好匆匆地走了。秋兰瞧了这个情形，心里很觉得痛快，遂拍手笑道："白苹，真有你的，给他碰了一鼻子的灰，叫人瞧着心里多高兴的。这种七搭八搭的少年，就不是一个好人！"

"可不是？幸亏你刚才没有唱《想情郎》，否则，倒让他得着便宜了。"

白苹说话真是淘气，她在一本正经之中免不了还是开玩笑。秋兰这就急起来，骂了一声烂舌根的！她便站起身子，伸手去打她。但白苹咯咯的一阵子嬉笑，她早已像小兔子那么的逃开去了。秋兰不肯饶她，遂也随后追了上去。两个人一个逃一个追，在柳

10

树蓬儿里团团打圈子。追到后来，你也累了，她也乏了，白苹跌在草地上，秋兰也扑在草地上，两人扭股糖儿似的闹在一堆，大家又哧哧地笑个不停。白苹只好央求着连连告饶，秋兰这才放了她身子，两人坐在草地上，但酥胸一起一伏的，还不住地喘着气。过了一会儿，白苹说道："时候不早了，我们回去吧！"

两人方才携手儿回到湖边，一同跳下游船，让舟子把她们送回去了。游船回到湖滨公园旁边，秋兰付了船资，和白苹一同跳上岸来。这时公园里游人，红男绿女，还是十分拥挤，有的还拿了照相机摄着小照。白苹说道："我明天到姑妈家里也带了照相机来大家一同拍照好吗？"

"那么你今天一定不住到我家去吗？"

"我说好明天住到你家来，那就再不会失约的了。秋兰，我进城还得好些路呢！那么我先回家了。"

"我给你雇车子吧！"

"不用，我自己一路上会讨到的。"

"不行，你要被他们刨黄瓜儿呢！"

秋兰笑嘻嘻地说。两人遂步出了公园，给白苹讨好了车子，付了车钱，方才握手分别。这儿秋兰一个人慢步地踱回家去，斜阳照着她自己的影子，在沙泥路上拖得长长的。此刻秋兰的心头，却又感到孤寂的悲凉，晚风拂面，颇觉有些寒意，忍不住微微地叹了一口气。

秋兰的家是在涌金路的尽头，那边是一个小小的村庄，完全是包含了乡村的风味。有一条曲曲折折的阡陌路弯到了秋兰家的院子门口，两旁植了好多株柳树，柳树中也隔植了红红的碧桃，所以那边风景也很美丽的。

院子里也经过一番人工的布置，所以也有假山，也有花坛。花坛里种着春天里的花朵，红红黄黄，点缀在绿油油的叶子里，颇觉鲜艳夺目。那边还有一个葡萄棚，上面已盖满了绿叶。棚下有两张竹椅子，中间隔了一张圆茶几，几上放了一只金鱼缸，里面有几条挺大的金鱼，倒都是名种。假使在月色很好的夜里，在这儿坐着纳凉赏月，是再舒服也没有的了。

客厅上陈设，家具虽已陈旧，但布置得窗明几净，微尘不染。单瞧着壁上的山水字画，也可以猜想着屋子里主人是个风雅清高之士。原来秋兰的爸爸崔士钊在过去倒是个举人出身，旧文学当然相当广博。自从废去科举制度后，他便从事教育，在高级师范学校干了二十多年的粉笔生涯。近年来因为患了风病，手脚都不甚活络，所以他不得不辞了教职，在家里静静地养病。今春风病略为好些，他每天早晨起得很早，整理那个院子，种种花草，玩玩金鱼，所以倒也逍遥自在。兴来时，喝几杯酒，吟几首诗，颇为自得其乐。

秋兰跨进院子，便见她家的老仆妇李妈，弯了背脊，在水缸里舀水。那张石凳上还放了一只淘米罐，似乎舀水预备淘米的样子。于是问道："李妈，爸爸呢？"

"小姐，你回来了？怎么，那位白小姐没有一同回来吗？老爷被张家二叔叔约了一同出去喝酒了。"

"白小姐今天仍旧住到她姑妈家去，明天才住到我家里来。"

秋兰一面说着话，一面走进客厅。她在椅子上坐下，觉得游玩比工作更觉吃力。此刻在椅子上坐下后，却感到一阵舒服，她再也不想站起身子来了。一个人坐在屋子里，那当然免不了涌上许多思潮。她想到了三年不见的白苹，从前是跟自己一样朴素，但到了上海去之后，她竟也学上了摩登，可见上海真是一个繁华的地方，容易改变一个人的性情。白苹的家境本来也并不十分富裕，但今天听她口气，她们在上海

13

是住着小洋房了，显然她的爸爸在这三年中一定发了财。据白苹告诉，我们这一辈的同学，有的考大学，有的在银行或公司里做职员了，也有做人家的太太，在她们的环境，可说都有了变化。但只有我这个人，还死沉沉地株守家园，并没有一些儿发展。自从去年母亲过世之后，我这个家就更加的离不开了。秋兰这么想着，她那颗处女的芳心，也会激起一阵无限的哀怨。尤其在这寂寞的黄昏里，更加感到空虚的悲哀，觉得自己这美丽的青春，在春花秋月中空等虚度，实在是太可惜一些。她全身微颤了一下，忍不住深长地叹了一口气。

"阿兰！阿兰！有客来啦，快来迎接吧！"

突然一阵叫声，惊醒了秋兰的思潮。暗想：这不是爸爸叫我的声音吗？到底是哪个客人来了？秋兰一面想，一面站起身子。方欲向外走出，只见爸爸领了一个西服少年已由院子里进来，这时天色已有些昏暗，所以秋兰还有些瞧不清楚那少年的脸儿。士钊却先笑呵呵地介绍着说道："这是我女儿秋兰。阿兰，过来见见这位高乐明先生，他从前也是我的学生子，今天很凑巧，我在回家的路上，竟遇见了他。起初我还不认识他，因为我们差不多有六七年不见了，倒是

14

他认识我，叫我一声崔老师。我在盘问之下，才想起来了，高乐明从前在学校里是个聪明的学生呢!"

崔士钊滔滔不绝地说着，表示他年纪虽然已近花甲，但记忆力还相当不错。秋兰在爸爸说了这么一大套话儿之下，当然把那少年的脸儿也瞧得很清楚了，一时芳心别别乱跳，几乎啊的一声要叫出来了。你道为什么？原来那少年也不是别人，就是刚才在柳浪闻莺那儿请教她们贵姓而被她们碰钉子的那一个男子。这时高乐明也把秋兰认出来了，他的心比秋兰跳得更快速，连两颊都有些热辣辣的发烧起来。为了避免这不好意思，他只好显出毫不介意的态度，很有礼貌地向秋兰鞠了一躬，一面含了微笑，低低地叫了声崔小姐。秋兰当然不能装作没有听见，遂也弯了弯腰儿，还叫了一声高先生，您请坐。就在这当儿，李妈在外面似乎已经知道有客在家了，她在厨房里端上三杯玫瑰花茶来，放在桌子上，一面说道："老爷，我把油灯点上来好吗？"

"好的，李妈! 这位高先生，我留他这儿晚饭，你快把酒去炖热了。"

崔士钊一面点头，一面吩咐着说。李妈答应了一声，她先点上了油灯，然后到厨房里烫酒去了。高乐明似乎有些局促，搓搓手儿，说道："崔老师，我可不好意思打扰你府上了，我坐一会儿，就走的！"

"乐明，你不用客气，我们是师生关系，说得亲热一些，我们也像父子差不多。在老师家里吃顿饭，那没有什么问题。我已两年多不教书了，我碰到了我从前的学生，我心里很高兴，我想跟你好好儿地谈谈。"

"高先生，我爸爸脾气是很爽快的，您还是别闹客气了。"

高乐明所以不肯吃晚饭，是因为担着虚心的缘故，恐怕秋兰对自己仍旧存了一种恶感的意思，那自己留在这儿吃饭当然也没有什么滋味的。此刻见秋兰含了娇媚的微笑，也帮着她父亲一同劝留自己了，方知道这位姑娘的心中，并没有讨厌自己，他这才很快乐地不再说要走的话了。这时崔士钊又问道："乐明，你这几年来大学当然毕业了，现在干些什么工作呢？"

"我大学毕业之后，又转入音乐专科学校毕业，现在上海几个中学里担任教授，我还创办了一个音乐学校。"

"唔！很好，很好！你也在教育界里服务，倒可说确实是我的学生了。你知道吗？我已经整整教了二十六年的书了，瞧我的头发全都白了。不过我的学生也做了教师，那我是多么安慰呢!"

崔士钊连连点头，他伸手摸着满头白发，两眼望了乐明英俊的脸，十分欣慰地说。高乐明很恭敬地说道："我们所以有今天这种日子，还不是老师教导之功吗?"

"哈哈! 这一半也是你们自己学好的成绩，乐明，你府上还在杭州吗?"

"不，胜利之后，我们全家迁居上海了。"

"你爸妈都好?"

"谢谢老师，他们都很强健。"

崔士钊问到这里，觉得无话可问了，遂沉默了一会儿。他在灯光之下，瞧到女儿的秋波水盈盈地只管向乐明偷瞟，一时倒不免勾引起心事来了。暗想：秋兰这姑娘今年也有二十一岁了，女孩儿家一过二十岁，做父母的心里就得着急起来，况且我们又住在冷僻的乡村里，要找个斯斯文文的好人才，那可真不容易。乐明生得一表人才，而且又是大学毕业，秋兰若能配到像他这么一个好丈夫，倒也不算辱没了秋兰的好模样儿。但不晓得他有没有结过婚? 我非探听探听他不可。士钊这样思忖着，遂故意笑出声音来，埋怨着自己说道："你瞧我年纪老了，记忆力真不行，你今年多大年纪了？"

"我已经二十六岁了。"

"那你当然结婚过了？"

高乐明说出了二十六岁四个字，士钊心里先冷了一半，遂有气没力地继续问他。但乐明这次回答的倒是出乎他们父女意料之外，他有些怕羞的样子，低低地说道："我还没有结婚。"

"真的吗？"

崔士钊立刻浮现出笑容来，又急急地问他。同时他瞧到秋兰的粉脸，也有喜悦的颜色。乐明点点头，却向秋兰望了一眼。秋兰自己也不明白她为什么要这样的害羞，只觉一阵辣辣的发烧，连耳根子都红起来了。士钊接着又问道："乐明，并不是我多管闲事，照你的年龄而说，不是也该结婚了吗？怎么你父母倒没有替你定亲呢？"

"也是东说西说不成的，所以一直耽搁下来。不过，我成天的东忙西忙，简直倒也没有想着这一个问题。"

高乐明微微一笑，低声儿回答。秋兰明眸脉脉地瞟了他一眼，这会子她却插嘴说道："我想高先生一定是眼界太高，所以没有一个姑娘中您的意吧！"

"这也不见得……"

高乐明想不到秋兰会这样的插嘴，遂这么回答了一句，但以下也不知道该怎么的说才好，支支吾吾的却是憨然地笑着。崔士钊也说道："这年头儿女的婚姻倒也是一件大事情，我说这是受着打了八年仗的影响，大家天天过着苦日子，因此一年一年的搁下来，谁还想得到婚嫁呢？"

"老师这话就真不错，就说眼前吧，照理是国泰民安，老百姓应该可以过好日子了，但生活程度仍旧这么的高涨，有的固然是发了胜利财，但有的还是连三餐薄粥都喝不到呢！"

崔士钊听他这样说，倒着实感叹了一回。这时窗外天空已完全黑漆漆了，秋兰见李妈还没有把酒菜端出来，恐怕她一个人来不及照料，遂站起身子，匆匆的也到厨房里去帮忙了。秋兰进了厨房不到十分钟后，李妈便把饭菜端出来了。崔士钊遂请乐明坐下，乐明很不好意思地说了一句我就老实不客气了。这时秋兰手里提了酒壶，匆匆进来，走到桌旁，把桌子上酒杯里满满地斟上了，秋波向乐明盈盈地一瞟，嫣然笑道："高先生，乡村地方，没有好的菜款待贵客，还请您别见笑吧！"

"哪儿哪儿，我已经打扰了你们，累忙了您，真对不起得很！"

"忙什么哪，一些儿也不忙的。高先生，菜没有，淡酒多喝上两杯吧！"

"崔小姐，那么您也一块儿来喝杯好吗？"

"她不喝酒。秋兰，你就陪着吃饭吧！高先生不是外客，他是我学生，和你也就像兄妹差不多，没有关系，不必避什么嫌疑的。"

崔士钊心里因为对乐明已经有了一些意思，所以他竟很亲热地说了这几句话。秋兰点头答应，李妈给她盛上了一碗饭，她就坐在下首，陪着他们管自地吃饭了。

在他们喝酒的时候，当然又谈了许多的话。秋兰方知乐明这次到杭州完全是游春来的，他是住在西冷饭店，在杭州大概有一星期可以耽搁，就要回上海去的。崔士钊父女听了，心中颇为忧愁，因为在这么短促的日子内，彼此怎么好意思就可以谈到嫁娶的问题呢？那么乐明在回到上海去之后，彼此自然又疏远开来了，那么这头婚事成功的希望可说是很渺茫的。秋兰这么想着，她的精神会颓伤起来。但是说来也有趣，老天也许有心成全他们好事吧，在他们吃毕这晚饭的时候，忽然听得一阵洒洒的声音震破了四周静悄悄的空气，只见李妈进来告诉，说外面竟在落着大雨了。

二　春夜骤雨有情留嘉宾

好好儿的天气，忽然会落起大雨来，这在乐明心中，真感到是一件烦恼的事情，他皱了眉毛儿，搓了搓手，急中生智地说道："崔老师，您借一柄雨伞给我，我马上要回去了，明儿天晴了，我会把雨伞送还给你们的。"

"我的意思，你索性多坐一会儿再走吧，此刻刚落下雨来，路上怎么好走呢？"

秋兰用了温情的语气，向他低低地劝告。士钊听女儿这样说，似乎也有些明白女儿心中对他多少是存了一些好感的作用，于是忙也说道："阿兰这话不错，你此刻是不能回去的，落雨倒不要说，况且又在黑夜里，这是很不方便的。你若这么去了，我心里也放不下。"

"黑夜里倒没有关系，我身旁带着手电筒呢！"

乐明这样回答，似乎还表示要回去的样子。但这时候的雨点好像倾盆般地倒落下来，在灯光中瞧到屋檐上流下的雨水，仿佛瀑布一样，俄而千军呐喊，俄而万马奔腾，几乎天崩地裂的神气。秋兰指指窗外，向乐明逗了一瞥媚眼，笑道："你瞧这么大的雨，一柄伞儿又有什么用？你若跑回西泠饭店，保管你淋得像个落汤鸡。万一受了寒，那可太犯不着了，我劝你还是在这儿静静地坐一会儿吧！过一会儿，也许雨点会细小的。"

"乐明，我喜欢说老实话，你假使不嫌这儿地方小，那么你就在这儿宿一宵，且等明天那雨当然会停止了。"

"爸爸，你这个话……我们这么简陋的地方，怎么像西泠饭店那么舒服呢？高先生当然是睡不惯的。"

秋兰恐怕乐明不答应，她乌圆眸珠在长睫毛里滴溜一转，故意用了激将之法，怪俏皮地笑着说。乐明连忙说道："崔小姐，你这么说，那叫我太不好意思了。我的意思，倒并不是睡得惯睡不惯问题，因为过分地打扰你们，这叫我心里如何过意得去？"

"哈哈！乐明，你要如真的为了这个缘故，那没有关系。我家屋子虽小，但原有两间客房收拾好了，预备亲戚朋友们住宿的。乐明，那么你决定不要回去了。秋兰，你把客房内的床铺去整理整理吧！"

秋兰巴不得爸爸有这句话吩咐自己，遂哦了一声，表示十二分兴奋的神情，一跳一跳地奔到客房里去了。乐明见他们父女俩诚意招待，遂也不再客气，含笑说道："恭敬不如从命，多谢老师的热情。"

"好说，好说！乐明，我的意思，你若在这儿住得惯，那么西冷饭店的房间你就去回绝了。因为那边花费是很大的，在这节约时期内，能够省一些开销，也是好的。不知道你认为我这话对吗？"

"老师的金玉良言，哪里还有什么不对的道理吗？只不过多一个人在家里，就得多一种麻烦，所以我心里实在感到很不安。"

"这是毫无问题的事情，你若住在这儿，我也绝对不和你客气，青菜淡饭，决不意外招待你。恐怕你认为不舒服，那我倒是多事了。"

两人说着话，秋兰笑盈盈地走出来，说都弄舒齐了。乐明向她拱拱手，连说谢谢你。秋兰逗了他一个媚眼，抿嘴笑道："你穿了西服，打躬作揖的还不太像，要如向我行三鞠躬，那就好了。"

“你听，你听，你这孩子还是那么淘气哩！”

士钊听女儿这么说，遂呵呵地笑起来，埋怨她似的说。乐明微红了脸儿，也忍不住笑了。这时窗外雨点声音，越落越大，越落越响，而且还不住地有电光闪烁着。不多一会儿，轰隆隆地起了一个响雷，秋兰胆小，吓得啊呀一声叫起来，乐明连忙说道：“别怕，别怕，这是雷声，要如炸弹，那就危险了。”

“炸弹我倒不怕，就是怕这雷声哩！”

“要如炸弹的话，你早就哭了。”

秋兰听爸爸说穿自己的谎言，遂恨恨地又娇媚又顽皮地逗了他一个白眼，倒引得乐明忍不住又笑起来了。大家又开谈了一会儿，这时雨也小一些了。在平日士钊是早已睡了，今天因为有客在家，所以只好陪伴着坐谈。但他到底是上了年纪的人，此刻似乎再也支撑不住了，伸手按在嘴上打了一呵欠，笑着说道：“年纪老了，可真不中用，天色一黑，就想睡觉了。乐明，我不奉陪你了，秋兰陪着你谈一会儿吧！”

“老师，那你只管自便，还是早些儿休息吧！我再坐一会儿，也要睡了。”

乐明听了，站起身子，很关怀他似的回答。士钊回头见桌子上的钟还只七点四十分，于是笑着望了乐明一眼，说道："在上海这个时候恐怕还没有吃晚饭吧？你们年轻人我知道都喜欢睡得迟一些的，因为我也做过年轻人，那时候非到十二点是不睡觉的。但现在可不行了，腰酸背痛，尤其是患了风病之后，精神更不好了。"

"我说老师的精神已经算不错了，假使我们活到老师那么的年纪，只怕还不及老师那么硬朗呢！"

"这也不见得，这也不见得，那么我先去睡了。"

士钊连声地说着，一面弯了腰肢，向上房里走，还把手儿连连敲着背脊。乐明见他很吃力的样子，遂向秋兰努努嘴，低声儿说崔小姐你扶扶他老人家吧！秋兰听说，遂扶着士钊到上房里来了。士钊在床上躺下，秋兰给他盖上了被儿。士钊望着女儿微微地一笑，低低说道："今天真巧得很，我会碰见这个高乐明。孩子，你看他的人品怎么样？"

"我不知道。爸爸，你问这话是什么意思？"

秋兰红晕了脸儿，秋波赧赧然地瞟了他一眼，却假装糊涂地问。士钊当然知道女儿是怕羞的意思，遂又笑着道："你的年纪也不算小了，爸爸的身体又这么衰弱，真所谓风烛残年、朝不保夕，所以对于你的终身大事，我心里是多么着急呢！"

"爸爸! 你干吗提起这些事来?"

秋兰的芳心像小鹿般的乱撞,她扭捏着腰肢儿,显然是羞答答的感到难为情。士钊这会子很正经地说道:"乐明的才貌都好,而且人也忠厚,所以我倒很看得中他。不过这年头儿比不了从前,年轻人都爱自由恋爱,做父母的都是现成顾问而已。所以我的意思,你不妨跟他谈谈,假使彼此很情投意合的话,我做爸爸的也可以放下一头心事了。"

"爸爸,你别说了,难道你就多着我了?"

士钊这两句话,简直是允许女儿跟乐明去谈恋爱了,秋兰的芳心里,虽然是无限的喜悦和甜蜜,但究竟是感到说不出的难为情,女孩儿家大半是爱闹假惺惺的,所以她噘着小嘴儿,唔了一声,还撒娇地这么咬他一口回答。士钊笑起来道:"哦! 我不说,我不说了好吗? 哎! 孩子,快出去招待他呀! 别让他一个人在外面冷静着。"

"不,我不出去了!"

秋兰在床边索性坐下了,鼓着小腮子,娇嗔地说。士钊连忙推着她身子,还包括了央求的口吻,笑道:"好女儿,你就算爸爸老背了,说错了话,你快出去招待吧!"

"嗯！难为情的，我不高兴招待他了。"

"啊呀，我们爷儿俩说的话，他又没听见，你怕什么难为情呢？我的好姑娘，你快出去吧！否则，人家误会我们在讨厌他，这不是叫人家心里生气吗？"

士钊后面这两句话究竟有些力量的，秋兰听了，真的急了起来。遂站起身子，还顽皮地说了一句"好吧，我就听爸爸的话"，她回眸一笑，便匆匆地奔出房外去了。士钊细细回味女儿这句"我就听爸爸的话"，觉得多少包含了妙语双关的成分，可见假惺惺作态，究竟掩不住内心真情的流露，觉得一个二十一岁的姑娘，确实也很需要一个对象了。他一面想着，一面吹熄了油灯，却很放心地躺下床来睡着了。

秋兰走到客厅里，见李妈伴着乐明一起说话。她见秋兰这么久才从房里走出来，遂包含了埋怨的口吻，说道："小姐，你怎么啦？老是躲在房中干吗？人家高少爷怪冷静的。"

"对不起，爸爸酒喝多了一些，所以要呕吐的样子，我在服侍他喝茶呢！"

"崔小姐，你去服侍老师好了，我一个人在这儿坐一会儿很好，你不用招待我的。"

秋兰无可奈何地圆了一个谎话，乐明听了，倒信以为真的了，遂连忙一本正经的态度，很关怀地说。秋兰微笑着又道："此刻爸爸已安静地睡着了。"

乐明这就无话可说，他望着壁上的书画，呆呆地出神。李妈因为有小姐陪伴着了，她也管自地走开去了。两人静悄悄地坐了一会儿，秋兰芳心中有些焦急，她焦急的是因为不知怎么样跟他谈谈才好，因为自己是个主人的地位，假使木然的不说话，这叫客人当然更不好意思开口说话了。她在竭力思索之下，转了转眸珠，方才笑盈盈地瞟了他一眼，低低问道："高先生，你这次到杭州来玩只有一个人吗？"

"是的，因为学校里放春假，所以我趁此机会到杭州来玩玩。"

乐明方才回过头来，向她望了一眼回答。两人四目相对，齐巧望了一个正着。秋兰似乎有些难为情，赧赧然一笑，说道："高先生原籍也是在杭州吗？"

"不，是在绍兴。不过我家在杭州也住过好几年，后来又迁居到上海了。"

"高先生有几个兄弟姊妹呀？"

"我只有一个弟弟，还在大学里念书，却没有姊妹。"

"那你就比我强一些，我却连个弟弟都没有。"

秋兰显出羡慕的样子，低低地说，似乎很感慨的表情。乐明望着她的粉脸，好像很同情她孤寂的神气，说道："我刚才听李妈告诉我，说你妈也过世了，这屋子里只有你父女两人住着，那你平日确实是很孤单冷清的。"

"唉！所以我的命真苦……"

秋兰微微地叹了一口气，大有盈盈欲泪的样子。乐明见她颦锁翠眉的意态，更令人感到了楚楚可怜，遂连忙说道："好在你爸不是很疼爱你吗，我想你可以找些事情做做，那么心灵上比较有所寄托了，否则，老关在家，当然也不太好。"

"住在这冷僻的地方，又有什么事情好做呢？我本来想教书去，但学校离家很远，非得宿在学校不可。但家里只有一个年老的爸爸过日子，没有我侍候他，我心里又放不下。况且爸爸也央求我，叫我还是在家伴着他吧！"

乐明听她这样说，一时倒无话可答，搓搓手儿，觉得没有一个两全其美的办法可想，大家愣住了一会儿。秋兰忽然瞥见窗外天空中涌现了一钩新月，这就呀了一声笑道："一忽儿落着这么大雨，一忽儿连月亮都出来了，这天气真有趣得很！"

"春天就是这个样子的，崔小姐，我们到院子里去散一会儿步好吗？"

　　乐明想要她忘记心中的烦恼，遂站起身子来，笑嘻嘻地说。秋兰当然没有说不好之理，遂点点头，两人走出屋子去了。

　　这时院子里的景色很幽美，因为院子里四周景物，都显得很清晰，并没有一些黑黝黝的感觉。乐明笑道："想不到一场大雨之后，竟会有这么一幅美丽的景致，这真是太富有诗情画意了。崔小姐，其实这儿环境是太好了，只是你们住的人儿太少了。假使有个知心人儿伴在一起的话，那繁华混浊的都市真不愿意去住的了。"

　　秋兰听他这样说，又见他含了情意绵绵的明眸，脉脉地凝望着自己，显然这两句话包含了一些神秘的作用，一时两颊浮现了红晕，向他赧赧然一笑，说了一声可不是吗？她以下的话却再也说不出来了。在月光之下，瞧到秋兰这种羞人答答的意态，乐明觉得非常的美丽可爱，心里不由得荡漾了一下，低低地说道："崔小姐，你很有唱歌的天才呀！"

　　"这……这……"

　　乐明一提起唱歌两字，使秋兰猛可想到今天在柳

31

浪闻莺那儿给他碰钉子的一回事情，心里颇觉不好意思，含笑说了两个这字，支吾了一会儿，方才又低低说道："我是瞎唱的玩玩，哪儿说得上天才两个字!"

"不！我别的是不大知道，但对于音乐和歌唱，我还算有一些儿研究。你的嗓子，并不尖锐，圆而宽，十分甜润，充分的有一份好本钿，你要如学歌唱的话，一定会成功的!"

"真的吗？"

秋兰很喜悦地扬了眉毛儿，向他笑嘻嘻地问。乐明点点头，说道："我怎么会骗你？假使你唱得并不十分好的话，刚才我也不会忘其所以然地拍起手来……对于刚才的事，我太冒昧，还得请你原谅才好。"

"刚才……原是我们太认真一些……"

秋兰见他说到后面，还显出十分抱歉的样子。因为被他说穿了这一件事，所以也觉得很难为情，遂笑着回答，表示并不怪他冒昧的意思。乐明听她此刻又这么说，可见她对自己多少有些好感的成分了，心里当然很甜蜜，遂含笑问道："崔小姐，刚才你身旁还有一位小姐，是你的同学吧？"

"她是我从前的同学，这次她也是从上海来游玩的，说不定明天她还上我家来玩玩呢！我给你介绍好吗？"

乐明听她后面这一句话，似乎包含了一些醋意的成分，一时忍不住暗暗好笑，遂连连摇着头，很正经地说道："这位小姐太凶了，我简直有些怕她。"

"可是，那也怪不了她，这年头好人太少了，她又不知道你是个真正懂得音乐和歌唱的人，还以为你故意在吃我们豆腐哩！"

秋兰明眸乜斜了他一眼，咻咻地笑着，向他怪俏皮地回答。乐明不敢说她不对，遂也红了脸儿，说道："所以你也说这种七搭八搭的青年不是个好人了？"

"怎么？我后面说你的话，你也听到的吗？"

"我还没有走远，怎么会听不到呢？"

乐明含笑回答。秋兰感到十分有趣，却忍不住笑得花枝乱抖起来，接着秋波盈盈地凝望着他英俊的脸庞儿，似乎埋怨地说道："这是你自己不好呀！你为什么不预先跟我们声明，说你是个音乐家，那我们就不会给你碰钉子了。"

"当然啰！错当然是我自己的错，我怎么能怪得了你们？"

"我再也想不到你还是我爸爸的学生子，所以想起刚才的事情，我真是越想越好笑。"

　　秋兰一面说，一面又抿嘴哧哧地笑起来。乐明有些情不自禁的，遂大胆地去握她手儿，很热诚的表情，低低说道："崔小姐，那么你现在相信我是个好人了？"

　　"这也难说，我和你不是还只有初见面吗？"

　　秋兰停止了笑，乌圆珠眸一转，一本正经地说。乐明听了这话，也觉得自己问得太好笑一些，慌忙把握着她的手又放了下来，很不好意思地说道："不错，我们还是初见面啦！崔小姐，你瞧我这人真有些儿自说自话的，你一定会笑我有些神经病。"

　　"不，神经病的人儿哪里还想得到这许多呢？"

　　秋兰回答得相当幽默，忍不住又扑哧地笑起来。乐明的脸儿这就更加红晕起来，他觉得不知该怎么说才好，有些惶恐地垂下了头儿。秋兰见他这个样子，心里倒又很着慌了，遂也去拉他手儿，说道："怎么？你生气了吗？"

　　"不！不！我……我觉得很不好意思。"

　　乐明见她居然也会来握自己的手，心里有些受宠若惊，遂抬起头来急急地回答。秋兰却柔情蜜意地问道："你说的是什么不好意思呢？"

"我……我……简直连自己也说不出一个所以然来，我……终觉得我这人未免有些痴头怪脑的。崔小姐，我……很希望跟你交一个朋友。"

秋兰被他这么一说，芳心顿时感到紧张起来，跳跃的速度，会增加了两倍。但她脸上还竭力镇静了态度，微笑着说道："你是一个大学生，而且又是音乐专科毕业的音乐家，那我怎么能高攀得上跟你交朋友呢？"

"但……你不是个师范高才生吗？你的资格比我强得多了。"

"而且……我又是个乡村里的女子……"

"乡村里女子朴实文雅，她是我理想中的好朋友。"

乐明非常诚恳的样子，多情地回答。秋兰这就低头无语了，她那颗寂寞而空虚的芳心，这才开始感到了暖意而甜蜜的安慰。乐明见她低头不答，知道她有些怕羞的意思，遂又温和地说道："我只怕你的心中还把我当作一个浮华的坏人看待。"

"那我倒不会……"

"这么说你肯和我交朋友了？"

乐明扬眉得意地笑起来，把她手儿又紧紧地握住了。秋兰瞟了他一眼，微微地一笑，说道："交朋友那算不了什么，你难道把男女间交个朋友看得这样神秘吗？"

"因为我活到这二十六年来，从没有交过女朋友。"

秋兰对于他这一句话，当然表示不大相信，遂把小嘴一噘，切了一声，秋波逗给他一个娇嗔。乐明连忙认真地说道："怎么？你以为我说谎吗？"

"一个已经二十六岁的青年了，我不相信会没有一个女朋友的。再说你是个大学生，而且在繁华的上海，交几个女朋友那是再便当也没有的事了。你这些话，三岁小孩子才会相信。"

"这也不能一概而说的，我有个朋友，他今年二十六岁了，还是一个美国留学生呢，但到现在却没有结婚，连个女朋友也没有，这完全是事实，我绝对没有骗你！"

"可是，我觉得奇怪，你为什么要延迟到今天才交女朋友呢？"

"崔小姐，你这话问得有趣，交朋友并不是阿狗阿猫都可以交上的，当然要认为这是理想中的对象，那么才结交呀！否则，滥用其情，这种交朋友也就没有什么意思的了。"

乐明这几句话，倒是深深地打动了秋兰的心弦，暗暗想到：这么说来，他倒还是个用情专一的青年哩！于是含笑说道："难道你认为我这么一个粗俗的女子，就是你理想中的朋友了吗？"

"是的，我觉得你好像是一块吸铁石，把我这重分量的铁块也吸引过去了……崔小姐，我老实地说吧，我活了这二十六年来，今天才是我第一次爱上了一个姑娘！"

秋兰听他索性这么明显地向自己说出求爱的话来，一时连耳根子都羞得通红起来了，垂下了粉脸，默不作答。她身子慢慢地踱到葡萄棚下去，似乎赧赧然的样子。乐明连忙跟了上去，按了她肩胛，低低地又说道："崔小姐，你同情我这一番痴心吗？"

"我怕我的环境和你相差得太远，即使你爱上了我，你的爸妈……是不是答应这么做呢？我觉得这还是一个问题。"

秋兰这会子不得不厚了面皮，转过身子，向他低低地问出了这几句话。乐明笑了一笑，安慰她说道："这个是绝对没有问题的，我现在究竟不是还只有十六岁，我已经是二十六岁的人了，难道婚姻还不能自主吗？倒是你的爸爸，他肯不肯把你嫁给我，我想……你有些知道吗？"

乐明这样问她，实在也有些自说自话的。秋兰听了，暗自想道：我爸爸是很看得中你的。但她口里当然不能这么直接地告诉他，遂故意沉吟着说道："那我怎么知道呢，我想只要你有一份儿诚心，爸爸当然不会恶意地阻拦我们。"

"我可以对天发誓，假使没有诚心地爱你，我一定没有好结果。"

秋兰听他念了誓，心中倒又怨恨他了，遂把手向他嘴儿一扪，逗了他一个娇嗔，妩媚地说道："你……为什么要发誓？怪难听的。"

"我要表明我至诚的心迹，我当然要发个誓给你听听，那么你才会相信我。"

"不过，发誓的人并不一定是至诚的，我见过三国里的孙策，他就是一个例子。"

"那么你认为我也是假心眼儿的人吗？"

乐明听她这样说，脸上立刻显现了失望的颜色，向她急急地问。秋兰微微一笑，说道："你急什么呀？我的意思，倘若有真心之爱的人，就是不发誓，他也始终是真心爱人的。没有真心爱的人，他纵然发了一百个誓，那也没有用的。所以我不希望听你表面上的发誓，我要你有一颗真挚虔诚的心，你知道吗？"

"我知道，我……觉得你真是一个十全十美的好姑娘！"

乐明紧紧地握了她纤手儿，非常感动地说。秋兰甜甜地一笑，低垂了粉脸，却没有作答。两人默默地站了一会儿，秋兰才低低说道："时候不早，我陪你到房中去安息吧！"

"谢谢你，我想和你再谈一会儿好吗？"

秋兰见他颇有依恋之情，遂笑盈盈地逗了他一个媚眼，扭动了一下腰肢儿，说道："早睡早起，明儿天气好，可以到西湖里去游玩呢！"

"那么你明儿伴我一同去玩好不好？"

秋兰频频点头，说声好的，乐明方才很欢喜地跟她来到客房。秋兰燃着了油灯，在油灯光芒之下，乐明见这间客房倒也收拾得很清洁。上首那张床上，已整整齐齐的折了被儿，那是一条粉红软绸的被儿。想到这被儿是秋兰给自己铺好的，心里不由得荡漾了一下，似乎感到了一些甜蜜的滋味。这时秋兰回过头来，含笑说道："这儿布置没有像西冷饭店那么考究舒服，你只好马马虎虎睡一夜了。"

"你只叫我睡一夜？难道我就不能睡两夜三夜吗？"

乐明走上前去，握了她纤手儿，向她笑嘻嘻地问。秋兰听了，芳心也万分的喜悦，便温情地说道："只要你喜欢住着，不要说两天三天，你就一辈子住在这儿，我也不讨厌你。"

"啊！真的吗？"

秋兰被他这么惊喜欲狂般的一叫，她仔细一想，终觉得一个女孩儿家对待一个初交的男子，未免显得太亲热一些。因此越想越难为情，越想越不好意思，她猛可挣脱了乐明的手，一骨碌反身便逃出房外去了。乐明要想叫住她，追到房门口，但已不见秋兰的影子了。他微微地笑了笑，觉得这意外的艳遇，实在是太幸福的事情。这晚他睡在暖烘烘的被窝里，竟是做了一夜粉红的美梦。

第二天早晨，乐明匆匆起床，李妈已端了洗脸水进来，乐明便漱洗完毕，走到院子里来呼吸新鲜空气。只见崔士钊已在花坛旁浇水了，于是叫声"老师，怎么这样早就起来了"，士钊笑道："我是睡得早，起得早，你该多睡一会儿才是，大概昨夜睡得不很舒服吧？"

"不，我睡得很舒服，老师每天浇浇花，玩玩金鱼，倒真是有意思的。"

"这些都是我们上了年纪的人的消遣工作，要如你们年轻人来弄这一套儿，那就不大合适的了。"

两人正说着话，秋兰已理过了晨妆走出了院子来。她今天也薄施脂粉地打扮起来，所以格外显得妩媚可爱。她笑盈盈地叫道："高先生，您早啊！"

"也不算早了，已有七点多了。你瞧，昨夜落了大雨，今天太阳多晴和，这叫我们去玩西湖，是再好也没有了。"

"是呀，老天成全你们来游春的人儿呢！"

秋兰瞟了他一眼，笑盈盈地回答。这时李妈已开了早粥，请他们一同到客厅去吃早餐。吃毕早餐，已八点一刻。乐明的意思，是想请秋兰一同到西湖边玩去，但在士钊面前，终觉得不好意思开口。正在欲语还停之间，忽然院子里一阵女子的笑声，高嚷着秋兰的名字。秋兰一听这叫声是白苹的口气，遂连忙起身相迎。这时白苹已由院子里走入客厅，她身后还随有一个十五六岁的小姑娘。当她发现到屋子里那个乐明的时候，心里这一惊奇，真所谓丈二和尚摸不着头脑，这就啊呀一声叫了起来。

三　明妒暗恨争宠各献媚

　　白苹见了乐明，因为认出他就是昨天在柳浪闻莺的地方被自己碰过钉子的那个青年，想不到他今天这么大清早的也会在秋兰的家里，她心中自然感到十二分地奇怪，所以呆呆地望着乐明，忍不住啊呀一声叫了起来。秋兰连忙走上去，拉了白苹的手，笑嘻嘻说道："白苹，我给你介绍介绍吧！这位是高乐明先生，他是我爸爸从前的学生子。这位白小姐是我从前的同学，你们大家见见。"

　　白苹听了，方才恍然大悟，遂笑了一笑，彼此招呼了一声。她一面把身后那个十五六岁的姑娘拉过来，也给大家介绍着，说道："这位是我的表妹鸿筱英，她听说我到你家来玩，所以也跟着来了。这是秋兰姊姊，这位高先生，还有这位是秋兰姊的爸爸。表妹，你该叫声崔老伯!"

筱英还不脱孩子的成分，所以她非常天真可爱，向大家弯着腰儿，鞠了一躬，一面还笑盈盈地叫着老伯、姊姊、先生不停。崔士钊说道："白小姐，你们早点心吃过没有？要不要来这儿用一些稀粥？"

"老伯，多谢你，我们已经吃过了，我想约了秋兰姊到西湖拍照片游玩去，不知道老伯肯答应吗？"

"好极了，你们只管一同去游玩好了。还有乐明，你就伴着她们去吧！中饭可以回到这儿来吃，我吩咐李妈杀一只鸡。"

士钊当然含笑答应，一面还向乐明叮嘱着说。乐明想不到自己可以带了三个姑娘一同去游玩，这是一件多么兴奋的事情，一时乐得张开嘴儿笑起来，说道："老师，我们到了外面，恐怕就没有一定的时间，所以午饭你老人家可以不必等我们的。假使时候不早，我们就在外面馆子里吃了!"

"也好，也好，那么你们晚饭都回家来吃，白小姐和鸿小姐也可以住在我家的。"

白苹听士钊这样说，她就想到这个高先生昨夜一定是宿住在秋兰家中的，这就望了两人，神秘地一笑。大家于是向士钊告别，一同步出院子，玩西湖去了。

乐明在女人面上花一些钱当然是件高兴的事，所以他雇了两辆三轮车，预备沿着苏堤兜圈子游览。四个人坐两辆三轮车原是齐巧正好，不过怎样坐法，却是发生了问题。因为女孩子当然是很怕难为情的，尤其在大伙儿的面前，似乎更加应该避一些嫌疑。所以秋兰心里虽然愿意和乐明坐在一起，但表面上却绝对不肯这样坐。白苹因为自己曾经给乐明碰过钉子，那自然更加不好意思和乐明坐在一起了。结果，筱英小姑娘不懂儿女私情，她却大大方方地和乐明坐在一起了。

三轮车缓缓地沿着苏堤行驶，大家左顾右盼地欣赏着四周的美景。这时太阳光已爬上了南北高峰的顶尖儿，灰白的浮云，都映成了金黄灿烂的色彩，远远地望去，真有说不出的美丽好看。沿堤种植桃红柳绿，迎着微微的春风，柳丝舞动着绿波，仿佛二八佳人在婀娜地卖弄她风流的样子。还有黄莺儿穿梭似的飞鸣不息，唱着悦耳动听的歌声，颇觉此时此景正合着"苏堤春晓"四个字了。

乐明见身旁的筱英，虽然还带些童年时代的风韵，不过生得娇小玲珑，煞是可爱。弯弯的眉毛，乌溜溜的明眸，玫瑰花般的娇靥，樱桃似的小嘴，令人欢喜。这就暗想，不要看她还是个小姑娘，再过两年，保险叫你认不得她。乐明这样想着，他情不自禁地望着她呆呆地出神。筱英偶然回眸过来，这就和乐明望了一个正着，她见乐明呆呆的样子，便向他微微一笑。乐明遂低低地问道："鸿小姐，你今年几岁了？"

"我还只有十六岁，你别叫我小姐，就叫我一声小妹妹得了。"

筱英倒也很会说话的，向他笑嘻嘻地回答。乐明见她天真无邪，十分可爱，遂情不自禁地握了她手儿，又低低问道："你的表姊白小姐，她比你大几岁？"

"比我大五岁，她要如赌起钱来，稳稳可以赢的。"

"这是什么缘故呀？"

"咦！她不是齐巧《君对混》吗？要如她做庄家，便可以通吃了。"

筱英见他有些莫名其妙的样子，这就伸了伸舌头，一面说，一面咭咭地笑起来了。乐明听她说得那么淘气，一时也哑然失笑起来，拍拍她的手背，说道："小妹妹，你真会说笑话，你在哪儿读书？"

"我在武林中学读初三，这学期才可以毕业，你说我这人笨吗？"

"不算笨，我说你是挺聪明的。"

"啐！爸爸说我聪明面孔笨肚皮呢！"

乐明听她说话终不脱有趣的成分，因此忍不住又笑了起来。过了一会儿，又悄悄问道："小妹妹，你和白小姐是怎么的表姊妹呀？"

"是中表姊妹，她的爸爸，就是我的舅父。我的爹爹，就是她的姑爹，你明白吗？"

"我明白的，白小姐住在上海吗？她在上海什么学校里读书？"

"表姊在上海春明大学读书，大概是读两年级。"

"她在上海是住在什么地方，路名你知道吗？"

"高先生，你问得那么详细干什么？是不是你要跟我表姊交一个好朋友吗？"

筱英倒也是个人小心不小的姑娘，她听乐明追根究底地问着，便把明眸逗给他一个媚眼，忍不住神秘地问出了这一句话。乐明倒被她问得两颊发红，有些难为情起来，连忙说了两声不不，辩白了一句我是随口问问的。但筱英却向他嘬嘬小嘴儿，忍不住又咯咯

47

地笑起来了。她的笑声不断地送到后面那辆三轮车上白苹和秋兰的耳朵里，她们心中当然感到有些奇怪，在秋兰自然不好意思开口说什么话，白苹已忍熬不住地叫道："表妹，你们在闹些什么玩意儿，竟笑得这么高兴呀？"

"表姊，我和高先生在谈着你啦！"

筱英回答了这一句话，不但白苹听了感到奇怪，就是秋兰听了，芳心也狐疑起来，暗想：乐明和筱英在谈着白苹，这又有什么可谈呢？莫非乐明见到了白苹之后，他的爱又转变到白苹身上去了吗？秋兰在这么一想之下，自然有些酸溜溜的感觉，但在表面上故意还向白苹取笑着道："你听，你听，也许高先生在向你表妹打听你在上海有没有爱人呢，假使你没有爱人的话，说不定他要向你求爱哩！"

"啐，说不定他要向你求爱哩！"

"啐，你这个烂舌根的死丫头！胡说八道的，我可不饶你！"

白苹被她这么一取笑，自然也急起来，遂恨恨地啐了她一口，一面娇嗔地骂她，一面伸手去呵她的痒。秋兰缩紧着身子，也只好笑着连连告饶。白苹逗了她一个白眼，方才罢了。但她芳心里却在暗想：高先生的容貌确实生得很英俊漂亮，颇能打动姑娘的心弦，不过他的才学如何，我却没有知道，假使他是个中学毕业生，那和我就相差得远了，因为我是一个大学生，我若和一个中学生谈情说爱，这不是失掉我的身份了吗？白苹这么想着，她便假疑假呆地也打趣着秋兰说道："秋兰，高先生不是你爸爸的学生吗？那么你们之间可说是师兄师妹的关系，我想你们谈起恋爱来，可真不错啊！"

"好，好，我不取笑你，你倒拿我来说笑话，我也不依你！"

秋兰对于她这句话，虽然感到很甜蜜，但表面上也故作娇嗔的样子，向她恨恨地说。白苹一面笑，一面也连说不敢了，并且一本正经地说道："秋兰，我们别闹吧！真的，我倒要问你一句话，高先生既然是你爸爸的高足，昨天在柳浪闻莺那儿遇见了他，你为什么却不认识他呀？"

"你这妮子说话可真没有道理，爸爸教了近三十年的书，在他手里出道的学生也不知有多少呢，我哪里会个个认识吗？"

"我昨天和你分手回家，爸爸还没有回来，等他回来的时候，却多了这位高先生，我当时也奇怪得了不得，后来由爸爸告诉我，方才知道他们是师生关系，无意中在路上遇见了，所以爸爸邀他到我家来坐一会儿。不料老天真不识相，竟下起了大雨来了，因此高先生就只好宿在我的家里，没有回西泠饭店去。"

"这……怎么能说老天不识相呢？我说老天真是太识相了，替你留住了贵客，这不是有心玉成你们的美事吗？"

白苹怪俏皮地回答，秋波乜斜了她一眼，抿了嘴儿，也忍不住哧哧地笑了。秋兰被她取笑得两颊绯红，咬着嘴唇皮，恨恨地啐了她一口，生气地说道："你只管胡说八道，我以后不再跟你说话了。"

"哦！我不好，我不好，我们谈正经的吧！"

"哼！还有什么正经可谈的？你这狗嘴里根本就吐不出象牙来。"

秋兰故作怨恨的样子，气鼓鼓地说。白苹偎过身子去，却笑嘻嘻地叫道："好姊姊，你何必太认真呢？我们一路上要不是大家说说笑话解个闷儿，这不是一些兴趣没有了吗？"

"那你就拿我当作说笑话的资料是吗？"

"不敢，不敢，我无非偶然把你客串一下而已。"

秋兰听她这样说，伸手恨恨地把她又要打了下去。但白苹握住了她手，不禁又哧的一声笑了。两人笑嗔了一会儿，白苹方又一本正经地说道："哎！你说高先生没有回西冷饭店去，难道他在杭州没有家的吗？"

"他和你一样的，也是从上海趁着学校里放春假的日子到这儿来游玩的。"

白苹听了，芳心不由怦然一动，遂不肯放过这机会地连忙问道："难道高先生还在什么学校读书？"

"不是读书，却是在教书，我告诉你，他在上海还开办了一个音乐学校哩！"

秋兰似乎很得意的神气，笑嘻嘻地说。白苹听她口里老是说着他呀他呀，一时不由得暗暗好笑。因为听说乐明已在教书了，这就又急急地问道："什么？高先生还开设音乐学校？他懂得音乐吗？"

"他在大学毕业之后，又在音乐专科学校毕业的。昨天听我唱的歌声，他说我有唱歌天才，所以情不自禁地叫起好来，实在不是有心吃我们豆腐的。"

"我想你一定会向他说抱歉的，因为当时我先给他碰了一个钉子呀！"

白苹口里这样说着，心中也很有些儿懊悔自己不该太鲁莽，因为她知道了乐明不但是个大学生，而且还是个音乐家，所以她的芳心也不免起了一些羡慕的意思。秋兰望着她微微地一笑，却没有回答什么话。

他们玩过了苏堤春晓之后，便拍了许多照片。筱英的意思，要雇船游湖，说去瞧瞧三潭印月。大家赞成说好，于是又雇了小船游西湖去了。大家玩过了三潭印月，弃舟登陆，又玩了彭公祠，一路又到飞来峰、冷泉亭、一线天等处游玩。不知不觉的已经近午时了，筱英嚷着有些肚子饿，于是乐明陪伴她们又到楼外楼去吃饭了。

楼外楼面临西湖，凭窗远眺，可以瞧到西湖的全景，所以食客众多，乐明等要如迟一步的话，恐怕连座桌都要没有了。这时乐明坐在三个姑娘中间，听她们笑声莺莺，十分欢乐的样子，自己左顾右盼，也真有说不出的喜悦。不多一会儿，侍者把他们所点的冷盘端上，又送上三斤绍酒。乐明握了酒壶，给她们杯子里满满地斟上了，然后自己也斟了一杯，握了筷子，指指那盆"别别"还会跳跃的"抢虾"，笑嘻嘻说道："你们这种虾儿吃不吃？在上海是不容易吃到这样别别会跳跃的虾儿。"

"是的，我最爱吃这种虾儿，在上海吃到的活的少死的多，味儿就不鲜美了。"

"那么你就得多吃一些儿，大家别客气，别客气。"

白苹秋波盈盈地逗了他一个媚眼，笑嘻嘻地说。乐明听了，遂把筷子夹了虾儿，送到白苹的面前，然后又向秋兰筱英连说请请。白苹见他单单夹给自己一个人吃，芳心不免荡漾了一下，暗想：他对我不是另眼相待吗？因此秋波脉脉送情的，望着乐明老是甜蜜地笑。秋兰是个细心的姑娘，她瞧到两人这种眉目传情的样子，自然酸溜溜的十分难过。但因为自己和乐明也不过初交而已，所以也只好谈笑如常地向乐明献着媚眼，无非想博得乐明的欢心。大家喝过了两杯酒后，白苹望了乐明一眼，含笑说道："高先生，我们来猜拳好吗？"

"很好，我们怎么样猜拳法？抢三，还是一拳一杯？"

"抢三有些拖泥带水的很麻烦，我倒喜欢爽爽快快的一拳一杯。"

"就照你说的办吧！那么是白小姐打庄啰！"

"不！我单独和你来三杯。"

白苹两颊像玫瑰花儿似的，因为有了几分酒意，所以眼儿水汪汪的，至少是透露着一些春情。秋兰听她这样说，心里有些不受用，遂开口俏皮地笑道："白苹，你这话可没有道理啊！你既然提议猜拳，那你当然存心做庄家的，怎么单独和高先生来三杯？这不是拣佛烧香吗？筱英妹妹，你倒说句公平话，难道我和你就不是人吗？"

"对，对！表姊，你这话太岂有此理了，你要猜拳，非打了一个通关不可，否则，你就别说猜拳的话。"

筱英当然不知道秋兰这些话是包含了醋意的成分，因为事情和自己也有些关系，所以她被秋兰激动了心中的不平，遂很不服气地回答。白苹是个好胜的姑娘，岂肯示弱？这就握了酒壶，在三只空杯里斟满了，向秋兰说道："你说我拣佛烧香，这话太不中听，我就偏偏做个庄家，先和你来三杯。这儿一共三个人，就是我全输了，也不过九杯酒，难道我怕吗？"

"对呀，这才像个人说的话呀！照理说吧，我坐在你的身旁，当然该先和我猜三杯的，你要跳浜过去，这儿可不是跑马厅，那怎么行呢？"

秋兰趁此机会，便向她笑嘻嘻怪俏皮地打趣。乐明和筱英听了，忍不住都大笑起来。白苹当然非常不好意思，但这时候脸红也分不出是害羞还是酒的缘故，她恨恨地啐了她一口。

"这烂舌根的鬼丫头，由你去胡嚼吧！我们猜了拳再说。"

秋兰于是不再说话，两人握了纤拳儿，五魁、七巧、三元、八马，大家娇声地喊起来。白苹拳风真不好，一连竟输了三记，筱英拍手笑道："秋兰姊的拳头可猜得真不错呀！连赢三记，表姊得喝三杯。"

"喝三杯没有关系，但一连地输三记，我可以请人插拳代猜三记，因为我不服气。高先生，你帮帮我的忙，给我向她报个仇儿。"

白苹一面喝酒，一面向乐明央求地说。秋兰听了，却连连摇头，说道："不行，不行，我们事先没有讲好，怎么可以插拳呢？再说你是庄家，根本没有这个道理。"

"做庄原没有叫人插拳的理由，这样吧，白小姐喝两杯，还有一杯，崔小姐喝了好不好？"

"这是什么规矩呀？"

"并没有什么规矩，这是一些人情，你打胜了，陪一杯助助兴不好吗？"

秋兰听乐明话中大有庇护白苹之意，心中大不高兴，遂向他问规矩了。乐明自然说不出什么规矩，只好拿做人情来回答她了。白苹斗着这一口气，遂把三杯酒一杯一口气地都喝了下去，说道："你们不用争论，我喝下去就是，三杯酒算得了什么呢？"

"表姊，你有勇气，那么该和我来猜三拳了。"

筱英笑嘻嘻地说，她表示很佩服的样子，一面也拿过酒壶，在杯子里斟了三个满杯。乐明恐怕她们喝醉了，自己似乎要负一些儿责任，于是劝她说道："小妹妹，你斟得太满了，我说减一半的好，回头醉倒了，下午不能去游玩了。我们不是还要玩九溪十八涧、雷峰夕照、南屏晚钟去吗？"

"没有关系，这三杯就一共不到六两，我表姊有三四斤洪量呢！再说这回不定是她输呢，你何必这么肉疼她？"

筱英拿这些话一取笑他，乐明红了脸儿，倒也不好意思开口再说什么了。但白苹听了，却益发得了意，秋波含情脉脉地瞟了乐明一眼，一面连说没有关系，一面伸手便和筱英猜拳了。可是旁边的秋兰见了，真是又怨又恨，又妒又恼，但又不敢过分地显形于色，哀怨地望了乐明一眼，却默无一语。就在这个时候，她们拳也猜完了，结果，又是白苹连输三杯。筱英得意地笑道："表姊，你大概好久不喝酒了，所以只管在骗酒喝呢!"

"你这小鬼头!赢了我,还说这些风凉话,我不服,再和你来三杯。"

"这三杯该轮到高先生了,阿拉勿匆来了。"

大家见筱英天真可爱,说话的表情又是那么的妩媚有趣,因此忍不住又笑了一阵。白苹喝下这三杯后,也不多说什么,拿了酒壶,在杯子里斟酒。乐明连忙说道:"我们三杯可以少一些,不要太满吧!"

"老少无欺,一律平等,不能少一些,非得满杯不可,否则,让她们又要说是你肉疼我了。"

白苹说到后面,故意用秋波向他盈盈一瞟,还嫣然地笑起来。乐明这就无话可说,便也和她三星、六顺、全福地猜起拳来。不过他为了不让白苹再喝酒,故意把自己拳头慢慢地凑上去,给白苹来捉住他的拳法。结果,白苹胜了两记,她就喝一杯酒。秋兰对于乐明放交情让拳的情形,虽然也看得清楚,但她嘴里却不便说什么。筱英到底心直口快,遂笑嘻嘻说道:"表姊这次赢两记,分明是高先生放交情的。"

"这是什么话?你们赢了,是你们自己的本领,我赢了,便算是高先生放交情,那不是太气人了吗?"

"别气,别气,也算你自己的本领,那终没话说的了。"

　　白苹不是个呆笨的人，她当然也明白这是乐明放交情，所以自己才能赢两记拳头的，不过她在众人面前，自然不肯承认的，还竭力辩白着说。秋兰不是个坏人，这就再也忍熬不住了，遂向她怪俏皮地回答。大家笑了一阵，又喝了几杯，方才匆匆地吃饭。吃好了餐饭，不知不觉的竟已两点半了。而且白苹略有醉意，走出楼外楼的时候，却紧紧地靠着乐明，要乐明搀着她走。秋兰筱英见乐明被她闹得呆呆地窘住了，一时两人还在旁边笑个不停。秋兰虽然在笑，不过心中却在暗暗恼恨，觉得白苹这种举动，分明是借酒佯人，故意勾引乐明而已。这就感到一个姑娘不该这样荒唐浪漫，而且她既然知道我们是师兄妹关系，她也不该用这种亲热的态度来对待乐明。秋兰越想越恨，越恨越气，遂把眸珠转了一转，心生一计地说道："我瞧白苹真有些儿醉了，下午我们不再到什么地方玩去，还是送她回去休息休息吧。筱英妹妹，你说好不好？"

　　"我没有醉，我没有醉，你不要胡说八道地冤枉我吧！"

　　白苹紧紧地偎着乐明肩头，她不等筱英开口，却又笑又嗔似的，急急地回答。乐明弄得没有了办法，望着秋兰筱英两人的脸儿，大有哭笑不得的样子。就在这个时候，白苹因为吹了几阵风，便哇的一声呕吐起来，吐得乐明西服上全是污物，乐明方知她是真的醉了。秋兰和筱英见了这情形，也慌忙来扶抱白苹。秋兰还拿了手帕，很多情地给乐明揩拭西服上的污物。筱英把手帕也给白苹拭了嘴儿，但这时白苹只觉得头晕目眩，已是人事不省的样子。乐明皱眉说道："白小姐太好胜了，我知道她要醉的，果然不出我所料，那可怎么办？"

"还是让我送表姊回去吧！"

筱英也觉得很扫兴的，遂低低地回答。于是他们路分两头的，遂各自走开了。秋兰见此刻只有自己和乐明两个人在一块儿，心中自然十分安慰，遂很亲热地陪着乐明驾了一叶扁舟，又到各处去游玩了一回。直到日已西沉，林鸟归巢，秋兰方才温情地说道："高先生，我们一同回家去吧，爸爸等着我们回去吃夜饭呢！"

"我想……今晚不住到你府上去了，我要回西泠饭店去瞧瞧。"

乐明搓搓手儿，微笑着回答。秋兰听了自然十分失望，遂故作娇嗔的神气，秋波白了他一眼，怨恨地说道："是不是西冷饭店里还有什么知心人儿等着你回去吗？"

"哪里哪里！崔小姐，你又开玩笑了。"

"既然没有知心人儿等着你，那么你就跟我一同回家去。"

"今天又跟你回去，不怕……老师笑话吗？"

乐明抓抓头皮，很不好意思地回答。秋兰知道他是怕难为情的缘故，这才娇嗔地嫣然一笑，拉了他手儿，说道："这怕什么啦，早晨出来的时候，不是我爸爸自己请你回去吃晚饭的吗？没有关系，我们一同去吧！"

秋兰一面说，一面已向回家的路上走。乐明因为被她拉住了手，这就身不由主地只好跟着她一同回家去了。两人回到家里，天色已黑，崔十钊笑道："我以为你们晚饭也在外面吃了，倒叫我等急了。咦，白小姐和鸿小姐呢？她们没有一同回来吗？"

"爸爸，白苹这妮子中午喝醉了，早由她表妹陪着送回去了。高先生本来也不肯来，是我硬拖着他一同来的呢！"

"乐明，你要再不肯来的话，那我杀的这只鸡是只有自己吃的了。"

崔士钊一面吸着烟枪，一面微笑着说。乐明连忙
说老师何必那么客气呢！秋兰望着乐明却只管得意地
笑。这时李妈见小姐等回家了，遂把晚饭开上。士钊
指了那碗红烧鸡说道："这只鸡儿烧了一整天，恐怕
连骨头都烧酥的了，味儿一定不错，我们快坐下来
吃吧！"

秋兰早已把椅子拉开，招待乐明坐下。士钊今天
开了一瓶五加皮，给乐明倒了一玻璃杯。乐明笑着道
谢，一面说道："老师，这五加皮可比不了绍酒，性
子很凶，我这么一大杯子恐怕太多了。"

"回头你喝不下，剩给我喝好了。没有关系，反
正你今夜也不回去的了，喝完了酒早些儿睡觉，不是
很舒服吗？"

崔士钊笑着说，是劝他只管尽量喝酒的意思。乐
明这就不再推拒，握了杯子吃喝起来。吃完这餐晚
饭，时候还只有七点敲过。士钊今天不像昨天那么地
还陪着乐明说话，因为他是喜欢早睡的，所以喝过了
一杯茶后，便管自回房去睡了。李妈收拾了碗筷，也
到厨房里去吃饭了。客厅里只剩下了秋兰和乐明两

人，乐明因为晚上多喝了一些酒，所以两颊涨得红红的，坐在椅子上呆呆地出神。秋兰把明眸斜瞟了他一眼，含笑低低地问道："你在想什么心事吗？"

"不想什么……我有些头晕，恐怕醉了。"

乐明把手摸着额角，皱着眉毛儿回答。秋兰却嫣然一笑，摇摇头儿，怪俏皮的语气，轻声儿说道："酒后想情人，头脑子原要晕起来的。"

"你这话是什么意思？我哪儿来情人呀？"

"嘿！那位白苹小姐还不是你心爱的情人吗？"

乐明听她冷笑了一声，显然这句话是包含了酸溜溜的成分。一时把按在额角上的手儿放了下来，一本正经地说道："你不要说笑话了，我对她根本一些儿意思也没有。"

"没有意思，只怕不见得吧？"

"真的，我……可以发誓，我……"

"又来这一套了，我最不相信就是赌咒念誓地闹鬼把戏。"

秋兰恨恨地说，显然有些儿生气。乐明站起身子来，歪歪斜斜地走到她身旁，显出那份儿可怜的样子，说道："崔小姐，你以为我是爱上了白小姐吗？"

"这还用说吗？瞧你那份儿关心她的样子，我可不是死人，我怎么会瞧不出来？"

"你是说我叫她不要多喝酒吗？这……并不是关心她……"

"笑话！这不算关心她，那你要怎样才能算关心她呢？"

"是我请你们吃饭，这在我就有一份儿责任，瞧白小姐她不是果然醉得这个样子，那在我确实是感到抱歉的。"

"那你赶快向她去道歉呀！刚才悔不该你亲自送她回去！"

秋兰一步一步逼紧着说，她好像和乐明有些争吵的样子。乐明听了，倒忍不住好笑起来，说道："你何苦生这么大的气呢？"

"我没有和你生气，我是和你闹着玩笑的，其实爱原是自由的，即使你真的爱上了白苹，这和我原也不相干呀！高先生，你既然有些头晕，我陪你到房中去睡吧。"

乐明见她忽然又改变了态度，显出无限温情的样子，笑盈盈地说，而且还伸手来扶自己，一时心里有些动情地说道："崔小姐，我已经爱上了你，我怎么会再去爱别人呢？希望你不要多心才好。"

秋兰听他这样说，芳心里益发得到安慰，便执了油灯，伴他进房。把油灯放在窗口桌子上，然后扶他到床边，给他躺了下来。乐明把手拉住了她，笑嘻嘻地说道："崔小姐，你别走，请你坐在床边，陪我谈一会儿好吗？"

"我这人脾气很不好，时常会叫你生气的，所以还是不谈的好。"

"不！我知道你对我很痴心，所以我并不怪你，我只有感激你。"

乐明也柔情绵绵地说，他明眸中含了热情的光芒，直望到秋兰的粉脸上出神。秋兰在床旁终于坐了下来，她的芳心被乐明这些话深深地打动了。两人相对地望了一会儿，秋兰见他红晕的脸、迷糊的眼儿，颇能令人感到心爱欢喜，遂情不自禁地说道："好孩子，安静地睡吧！明天可以早些儿起来。"

"嗯！我不要，我要你伴着我，永远地伴着我，生生世世地不分离。"

酒后的乐明，仿佛像个小孩子般的，拉了秋兰，却嗯嗯唔唔地缠绕着说。秋兰被他一拉，有些坐不稳的，身子不由自主竟倒了下去，粉脸儿齐巧凑在乐明的嘴边，这给了乐明一个好机会，便啧啧地吻了一个香。秋兰又羞又急，也嗯了一声，方欲挣扎坐起身来。忽然窗外一阵风儿吹过，把桌子上油灯吹熄灭了，于是卧房里的一切，也就变成黑漆漆的了！

四　志薄意弱醉中忘自爱

春天的夜里，温情而幽美的，仿佛一个含苞待放的姑娘，充满了十二分的热情。月亮光虽然是淡淡的，但在黑沉沉的环境里，也透现着十分的光明。她似乎包含了笑容，在偷望那个窗口旁桌子边坐着的姑娘的粉脸，好像在暗暗地想着，女子的心肠终是软弱的！原来那个姑娘的明眸里，包含了晶莹莹的眼泪，似乎在暗暗伤心的样子，听有个男子的声音，十分低沉地说道："崔小姐，你不要伤心了，事到如今，我……我……只好向你跪下了。"

这说话的男子原来就是高乐明，他站在秋兰的面前，一面说，一面真的向她跪了下来。秋兰并不理他，兀是扑簌簌地落眼泪，显然是有无限委屈难以告人的样子。乐明跪在地上，把身子伏到她膝踝上去，又去拉她的手儿，接着说道："崔小姐！……不！从今夜起，我该叫你一声秋兰了，因为我们已经混合成一个身子，从今以后，你就是我心爱的妻子了。"

"我……想不到……你……会这样欺侮我，我以为你是一个君子，所以才扶你来睡的，谁知你借酒伴人，你……不是明明的存心不良吗？"

秋兰方才低低地回答，她似乎又悔又恨的意思，掩着粉脸儿，益发抽抽噎噎地哭起来了。乐明恐怕被士钊和李妈听见，急得伸手去扪住她的嘴，说道："我的好妹妹，你……千万别哭出声音来吧！这……并非是我存心不良，实在是酒后糊涂的缘故。好在我决不会忘记你，我已认为你是我的妻子了，那……那……你终于不要再伤心了。假使你也有心爱上我的，我劝你不要闹开来被人知道，否则，我固然要被人看不起，就是你的名誉，不更要受影响了吗？"

"你……你……真的不会丢掉我吗？"

秋兰听他这样说，一时想到木已成舟，生米已煮成熟饭，这还有什么办法好想呢？因此也只好收束了眼泪，望着他哀怨地问。乐明当然连连点头，捧了她手儿，亲着她的脸，诚恳地说道："我怎么会丢掉你？你的处女之身已交给了我，我如何还能丢掉你？那我

67

还能算上一个人吗？除非没有心肝了。"

"但是，你……不多几天……就要回上海去的，万一你到了上海之后，倒不再理我了，那叫我到什么地方去找你好呀？"

"你别说傻话了，我们当然要时常通信，同时有机会的话，我还希望你能到上海我家里来游玩，那时候我把你介绍给我爸妈认识，像你这么一个聪明美丽的姑娘，我爸妈见了你，还会不中意吗？只要我爸妈喜欢你，我就差人来做媒，说不定下半年我们就可以结婚了呢！秋兰，你说我这意思好吗？"

乐明这一番话，给秋兰说得慢慢地欢喜起来，她微微地咬着嘴唇皮子，秋波恨恨地白了他一眼，说道："我希望你言而有信，不要是花言巧语才好。"

"我假使是花言巧语地欺骗你，那……我……就没有好死！"

"好！你记住这末后一句话，常言道：举头三尺有神明，不是随随便便可以念誓的，你若丢掉我，以后就要应着现在的话。"

"那当然，我始终爱你，我不会忘记你，否则我哪儿会有好死呢？"

"你别跪着了，站起来吧！"

秋兰这才努努嘴儿，向他命令式地回答。乐明笑嘻嘻偎着她身子，却放刁似的，说道："我跪了那么多的时候，两膝又酸又麻，一时站不起身子，你就扶我一下吧！"

"我可没有叫你向我跪着呀！又酸又麻也是活该。"

"好妹妹，那你的心肠也太硬一些了！"

"你糊里糊涂的欺侮了我，你的心肠难道不硬吗？"

"那我是因为爱你啊！"

"哼！这种不合法的爱，是一个品行高尚的青年所不为的。"

秋兰冷笑了一声，包含了讽刺的口吻，向他痛责地说。乐明听了，自然十分地惭愧，因此红了脸儿，却默不作答。秋兰见他垂了头儿，呆呆地出神，遂伸手去抬他的下巴，不料他脸上却沾了无数的泪痕。女子的心肠到底是软弱的，一见他哭了，便也没有勇气再责备他了，低低地说道："怎么？是你欺侮了我，你倒反而哭起来了？"

"秋兰！我……觉得你的话是不错的，一个品行高尚的青年不应该有这样不正当的行为，恋爱是要纯

69

洁清白，那才是真理，所以我非常对不起你！"

乐明抬起头来，似乎十分悔恨的神气，一面流泪，一面低低地向她求恕。秋兰叹了一口气，却又显出温情的态度，拿了手帕给他拭泪，说道："只要你不始乱终弃，一心爱我到底，那我终可以原谅你。"

"妹妹！我生生死死不会抛弃你，你只管放心吧！"

"我相信你的话……你快点站起来吧！"

秋兰终于伸手扶起了他身子，温和地说。一面她自己也站起来，秋波哀怨地逗了他一瞥，说声明儿见，便预备回房去了。乐明拉住了她的手儿，依依不舍地说道："秋兰，你别忙，再坐一会儿吧！"

"你还有什么话儿？瞧，已经十一点半了。"

"我……舍不得你离开我……"

"我瞧你真有些儿痴头怪脑的，难道我能陪伴你到天亮？"

秋兰听他这样说，芳心倒是荡漾了一下，忍不住嫣然一笑，白了他一眼，有些娇嗔的样子。乐明怀抱了她腰肢儿，笑嘻嘻说道："嗯！我的意思，你最好永远地陪伴着我。秋兰，你再给我多瞧一会儿。"

"难道刚才还瞧得不够吗？"

乐明见她说完了这句话，立刻显出娇羞万状的样子，两颊红得像玫瑰花似的，一时爱极欲狂，情不自禁搂住她脖子，说道："你给我瞧上三日三夜，我还觉得太少呢！"

"好，那么我就给你瞧一个痛快！"

秋兰把粉脸凑近过去，两人的脸儿这就接近得不到一寸的光景。乐明只觉得她樱口里吹气如兰，令人神魂颠倒，因此他再也忍熬不住地把她紧紧地吻住了。两人热烈地吻了一回，秋兰的娇躯是软绵绵地倒在他的怀里，几乎一些儿气力也没有了。乐明低低地说道："妹妹，你今夜索性睡在我这儿房内好吗？"

"是不是你还预备再欺侮我一次？"

乐明被她这么一问，内心的热情立刻冷了下来，满面又显现出惭愧的样子，很不好意思地说道："妹妹，你为什么要这样说呢？难道你还以为我对你存了玩弄的手段吗？"

"可是，你不应该叫我睡在这儿房中，要如给爸爸和李妈知道了，我看你还有脸儿做人吗？"

"是的，这是因为我情感太浓厚的缘故，妹妹，那么你早些儿回房去休息吧！"

"我希望你能跟我早些实现结婚的愿望，那时候我的一切，就任你来摆布的了。你不用送我了，当心外面风大，明儿见！"

秋兰说完了这几句话，方才推开他的身子，向他赧赧然地一招手，便匆匆地管自回房去了。乐明这晚睡在床上，心里是甜蜜得像吃了一块糖，他在怀念这二十六年来从未尝到过的滋味，他的心跳动得厉害，他情不自禁地又把那软绵绵的被儿，紧紧地抱住了。

从这一夜起，乐明仿佛着了魔似的，便定定心心在秋兰家里住宿了一星期。士钊当然想不到女儿和乐明会发生了这样密切的关系，所以他并不注意地尽管让他们深夜在一起，还以为他们正正经经地在谈爱情，那也没有什么问题。因此成全了乐明，竟让他过了一星期温柔乡般的夜生活。

日子是并不像他们难舍难分那么多情，不知不觉终于到了乐明要动身回上海去的这一天了。秋兰想到这星期的温情缠绵，今日就要分离，芳心自然十二分的悲伤，所以在乐明面前，忍不住暗暗地流着眼泪。乐明只好向她说了许多海誓山盟的话，劝她千万不要伤心，保重身子要紧，一面来和士钊告别，说道："老师，这几天来，多多打扰了您府上，我心里十分感激。假使老师有空的话，和兰妹一同也到上海我家来玩几天，那我们一定万分欢迎。"

"很好，很好，过几天我一定叫秋兰也到上海去玩玩。乐明，你府上的地址可有留给秋兰知道吗？"

"爸爸，他已抄给我了，我藏在身边。"

秋兰在旁边，抢先低低地回答。士钊点头说好，乐明于是起身告别。秋兰说她要一同到火车站去送乐明动身，士钊当然没有阻拦她，乐明更是求之不得，遂含笑携手而去。士钊见了他们这样亲热的情形，心中也很安慰，站在院子里，眼望着他们身子消失了后，忍不住含了一丝得意的微笑。

两人到了火车站，买了一张二等车票，秋兰偎着乐明身子，有些眼泪汪汪的样子，望着他脸儿，说道："你到了上海之后，要给我常常通信才好。"

"我知道，每星期给你一封信，你说好吗？"

乐明紧紧地握了她纤手，笑嘻嘻地问她。但秋兰却摇摇头，低低地说道："一个月给我四封信，那未免太少了。"

"那么过三天给你一封信，你还嫌少吗？"

"三天一封信，那么一个月有十封信，那就差不多了。乐明，我们互相通信，你爸妈会干涉吗？"

"不会的，我的行动，绝对自由，你一百二十个放心好了。"

乐明摇摇头，用了温情的语气，竭力地安慰她说。秋兰沉吟了一会儿，微微地叹了一口气，低声儿说道："上海是个繁华之地，漂亮的女人一定很多很多，我希望你见了她们，要当作没有瞧见一样，你的心里应该时时想着我这一个人。"

"我一定时时刻刻地想着你，我见了别的女人，我会把她们当作木头人一样，我绝对不会动一些感情。秋兰，你终可以放心了。"

秋兰听他说得有趣，一时含了眼泪，倒又忍不住嫣然地笑了起来。

乐明坐在二等车厢里，眼望着车窗两旁的景物，都很快地向后退移，耳朵里只有轧隆轧隆的声音，十分嘈杂。他呆呆地想着这次到杭州来游春，万不料会和一个美丽的姑娘发生了这样不平常的关系，一时又甜蜜，又羞愧。仔细想想，觉得自己太荒唐一些，因此红了两颊，独个儿深长地叹了一口气。不料正在这个时候，忽然有人娇嗔地喊道："高先生！啊，巧极了！你也是今天回上海吗？"

乐明急忙抬头望去，只见自己身旁已亭亭玉立地站着一个摩登的姑娘了。向她仔细地一望，不由得呀了一声，连忙站起身子，笑道："我道是哪个，原来是白小姐！真的太巧了，你也今天回上海去？"

"世界上巧遇的事情当然有的，高先生，你旁边还有别的旅客坐着吗？"

"没有什么人，只有我一个人坐的。白小姐，你坐在哪个位置上？"

"我坐在那边，没有关系，反正我没有行李，到处都可以坐，我就跟你坐在一起，一路上大家好说话，不会感到寂寞。"

白苹笑嘻嘻地说着，一面摆摆手儿，是请他坐下的意思。乐明当然没有拒绝她同坐的理由，遂只好先坐了下来，还把身子向里面捺进了一些。但白苹却老实不客气地就在他身旁一屁股坐下了，而且还向他偎靠得紧紧的，表示十二分的亲热。秋波水盈盈地斜瞟了他一眼，微笑着说道："高先生，你这一星期的日子都住在崔小姐家里吗？"

"也没有全住在她家里，我在西冷饭店里也住过三四天。哎！白小姐，我想起来了，那天真觉得抱歉，累你喝醉，后来怎么样了？为什么不再到崔小姐那儿来玩？倒叫我们心里都很想念你哩！"

乐明听她问这一句话好像有什么作用似的，一时支支吾吾的颇觉很不好意思，所以只好圆了谎言回答，一面又故意打岔地问她，表示非常关心的样子。

白苹微微一笑，叹了一口气，说道："不要提起这一件事了，一提起了，就叫人心里难受。"

"怎么啦，白小姐？"

"表妹送我回到家里之后，当夜我竟头疼脑热地生起病来。我到杭州来的目的，原是为了游春，谁知竟生好几天的病，你想倒霉不倒霉？"

"这……我们一些也不知道，否则，我们一定要来望望你的。白小姐，你现在可全好了？说来都是我不好，那天不应该给你多喝了酒。"

乐明很担着抱歉地说，表示十分的不安。白苹摇摇头，笑盈盈地瞟了他一眼，低声儿说道："这是我自己太好胜才喝醉的，如何能怪到你的身上？那天你不是竭力劝我不要多喝吗？可惜我没有听从你的话，要不然，我何至于在床上闷卧了几天哩！"

"所以酒这个东西，少喝一些是可以活络血脉，但喝得太多了，实在是很伤身体的，我劝你以后倒要小心一些才好。"

"谢谢你这么关心我，我真是十分的感激。高先生，我听表妹告诉我，那天我醉后的神态很不好，而且还把污物呕吐了你一身，所以我心里确实也非常的抱歉！"

白苹柔情绵绵地望着他脸儿，秋波逗了他一瞥歉意的媚眼，笑盈盈地说。乐明连忙也含笑说道："在衣服上只吐着了一些儿，没有关系的，你不用客气。"

"我想回到上海之后，你把那身西服交给我，我给你拿到洗衣店里去洗一洗，那我才安心。"

"白小姐，你也说得太有趣了，这一些儿小事情，难道你还老是挂在心上吗？你倒不会说赔我一套新西服，那我不是还可以发财了吗？"

乐明听她说得那么有趣，一时忍不住哈哈地笑起来了。白苹伸手轻轻地拍了他一下肩胛，眉毛儿一扬，扑哧笑道："你也说得太过分了，就算我真的赔还一身新西服，那也不见得就发财了呀！"

"旅途上太寂寞，我们说个笑话，也好解解闷儿呢！"

两人说笑了一会儿，白苹望着他英俊的脸儿，又低低地问道："我听秋兰说，你还是一个音乐家呢！那天在柳浪闻莺那儿，只怪我有眼不识泰山，还得请你原谅才好。"

"其实这也怪不得你们要生气，原是我自己太冒

77

昧了一些。"

乐明被她提起了往事，也不由得很难为情地红了脸儿，连忙低低地回答。白苹见他倒像个女孩儿家似的，遂笑嘻嘻着说道："我想你听了崔小姐的歌声，大概有些神魂颠倒了吧？"

"白小姐，你真会说笑话。"

"倒不是笑话，正经的，你若果有爱她的意思，我可以给你做月老。"

白苹所以这样说，无非假痴假呆地探听他的口气。乐明听了，心中不由暗暗地好笑，想道：我们早已连夫妻的权利都享受过了，哪里还要什么人做月老吗？乐明心中这样想，但口里却不说什么，只微微地一笑。白苹见他不说话，心里很着急，遂又含笑问道："高先生，我们谈谈正经的，你在上海哪几个学校里执教呀？"

"沪东中学里我担任的是英文教授，浙江中学里我担任的是音乐教授……"

"你真是能者多劳，听说你还开设了一个音乐学校。"

白苹不等他说完，便瞟了他一眼，称赞地说。乐明笑道："也无非是穷忙而已，春明音乐学校是我几个音专同学合办的，我每天只去教两个钟点的课，但东忙西跑，也确实很够麻烦的了。"

"我想你可以买一辆车代步，那身体就可以舒服一些了。"

"幸亏我爸爸有几辆汽车，我就用了一辆，比较便利得多。"

乐明这两句话，听到白苹的耳朵里，当然十分的惊奇，暗想：这么说来，他还是一个富家之子哩！于是又笑盈盈问道："你爸爸是做什么生意的？"

"我爸爸是开设纸行的。"

"原来是纸头老虎，这可了不得，近来纸儿涨得热昏，怪不得你爸爸汽车可以有好几辆哩！"

白苹这些话虽然近乎羡慕性质，但多少是包含了一些讽刺的成分，所以乐明听了，两颊益发绯红起来，很不好意思说道："我爸爸的汽车，都是十年前就买下来的，倒并非是发了国难财方才致富的，这些我应该向你声明的。"

"算了吧，我听说你们十年前还住在杭州哩！其实发国难财和发胜利财方才致富的，没有什么关系。比方拿我爸爸来说吧，他现在可说是个股票大王，也完全是发了时势造英雄的财呀！"

白苹这几句话也是说破他们从前住在杭州的时候并不是什么大富之家的意思，不过她又怕乐明恼羞成怒，所以又把自己爸爸的事业也说出来，表示他们都是社会上同等的人物。乐明听了，果然微微地一笑，说道："这么说来，你爸爸是个投机家？"

　　"不错，这个年头儿做人，不投机、不操纵，哪儿有汽车坐？哪儿有洋房住呢？再老实说一句，我们哪儿能到杭州来游玩西湖呢？"

　　白苹听他这样说，显然他是有些向自己报复的意思，但是她却非常坦白地回答，这倒把乐明说得哑口无言了，遂笑了一笑，不再回答什么话。两人静静地坐了一会儿，白苹忽然在皮包里取出一包留兰香糖，抽出一片，递到乐明手里，笑盈盈说道："高先生，吃糖吗？"

　　"哦！谢谢你。"

　　乐明不便拒绝，遂伸手接过，说了一声谢谢，他一面在袋内摸出一包白锡包烟卷，也递一支过去，问她说道："白小姐，你吸烟吗？"

　　"我不会吸烟，你自己吸吧！高先生，你府上住在什么路呀？"

　　白苹摇摇头，一面把留兰香糖放在小嘴里细嚼着，一面向他低低地问。乐明取了打火机，燃着了烟卷，吸了一口，喷去了烟后，方才说道："舍间在嘉善路一百二十六号，白小姐有空，不妨过来玩玩。"

"那么离我家倒不远，我家是住在亚尔培路三百十六号，高先生有空，也请过来游玩。星期日我终在家里的，你知道吗，我在春明大学读书的。"

白苹听他并不反问自己家住哪儿，心里很是着急，遂自己先告诉出来说。乐明点点头，说道："我知道你在春明大学读书，因为你表妹已经告诉过我。"

"表妹说是你问她的，你还问我多大年纪了是不是？高先生，你很关心我吗？"

乐明想不到白苹会厚了面皮向自己问出这一句话来，一时倒弄得两颊绯红，不知怎么回答才好，遂尴尬地笑了笑，说道："你表妹天真活泼，很是可爱，我们坐在车上，也无非偶然谈着解闷而已。"

"那么你并不关心我吗？"

"我……我……无缘无故的怎么能关心你？"

白苹见他那一副窘态，感到相当有趣，忍不住扑哧一声笑了起来，伸手按了他肩胛，把娇躯几乎要靠到他的怀内去，笑道："那也没有关系，我倒很想跟你结成一个朋友，不知道你心里愿意么？"

"交个朋友，那也无所谓，我当然愿意。"

"不过，我希望我们能够交一个密切一些的朋友，你觉得怎么样？"

乐明听了这一句话，一时支支吾吾的倒回答不出什么话来了，暗想：看这情形，这位白小姐不是有爱上我的意思吗？但是我心中已有秋兰这个可爱的姑娘了，我怎么还能和她再谈恋爱呢？因此呆呆的倒是愣住了。白苹见他听了这话，并无一些儿喜悦的表示，心中不免有些生气，遂冷冷说道："大概我不够资格跟你交一个密切一些关系的朋友吧？"

"不，不是这个意思，请你别误会。"

"那是什么意思呢？"

"因为……因为……"

"你不用说了，我已经知道了，你是不是已经爱上了崔小姐？"

乐明被她一语道破，心中别别乱跳，脸儿便益发红起来了。但他还竭力镇静了态度，心生一计地说道："不，不！因为我已经是订过婚的人了。"

"真的吗？是你父母做主的？"

白苹引以为真地皱了眉尖，向他慌慌张张地问。乐明将计就计地点点头，却没有作答。白苹连忙又问道："对方是个怎么样的姑娘？你瞧见过吗？"

"瞧见过了，是个中学生。"

"容貌生得怎么样？"

"还算不错。"

"和我比较起来，谁生得美丽？"

"那当然是你美丽得多。"

乐明因为在当面不好意思说她不美丽，所以故意奉承地说。白苹听了，立刻眉飞色舞地得意起来，笑盈盈说道："高先生，你也是一个大学生，难道你愿意这种买卖式的婚姻吗？我以为新时代的青年男女，应该是恋爱自由的，我的意思，你们没有结过婚，事情就好办了，只要你真心爱上我，你不是可以跟对方去解除婚约吗？"

"这件事情，我们到了上海再慢慢地谈吧！只怕我爸爸不答应。"

乐明听她简直有些儿自说自话的，一时忍不住暗暗好笑，遂只好点点头，表面上敷衍着回答。白苹却又愤愤不平地说道："你今年几岁了？婚姻难道还不能自主吗？"

"我二十六岁了，照理上说，我当然有自主权。但……我……一切还全靠着爸爸的经济能力呢！所以我有些怕爸爸。"

"不是怕爸爸，干脆地说，你是怕金钱拿不到手，是不是？"

"这你要明白，也就是了。"

"我老实跟你说，我爸爸就有我一个独养女儿，所以爸爸的产业，只有我一个人有承继权，只要你真心爱我，我爸爸的所有产业，都是你所有一样了，那你还怕什么呢？"

白苹非常爽快地对他说，是希望他去解除婚约的意思。乐明沉吟了一会儿，只好说到了上海后再作道理。于是两人说话，就在这儿告一个段落。

两人回到上海，同坐了一辆三轮车回家。车子先到亚尔培路三百十六号门口，白苹叫车夫停下，一面和乐明握手，说道："你家里电话号码多少数字？我有什么事情可以打电话来找你吗？"

"七六七八九，不过我在家里的日子是很少的。"

"反正往后再说吧！再见。"

白苹点点头，便匆匆地步进那座小洋房门口去了。这儿乐明回到家里，匆匆走入上房，只见爸妈都在，听弟弟乐天在说道："我瞧还是先给哥哥定下吧！"

"弟弟，你说什么先给哥哥定下来呀？"

乐明因为听得有些莫名其妙，这就连忙急急地问他。乐天抬头一见乐明，便笑起来，说道："哥哥回来了，那就好了，我告诉你，爸爸预备给你定亲呢！"

"啊！弟弟，你不要开玩笑吧？"

这消息听在乐明的耳朵里，自然万分吃惊，那颗心儿会像小鹿似的乱撞起来，遂故作不相信的样子，埋怨着回答。乐明的父亲高利民，一面吸着雪茄，一面笑呵呵地说道："不是开玩笑，事情是真的。我最近认识了一个朋友，在社会上相当有地位，他只有一个独养女儿，还在大学里念书。他听说我有两个儿子，他的意思，预备把女儿给我做媳妇，嫁给老大还是老二，他没有成见，反正由我做主好了。刚才我对乐天说了，乐天的意思，说他还在大学念书，暂时谈不到婚姻的问题，所以说先给你定下了，不知道你的意思怎么样？"

"爸爸，我的意思，对方既然还在大学念书，而弟弟也在大学念书，那么他们此刻先订婚，等大家毕了业之后再行结婚，不是很好吗？"

乐明听了爸爸的话，方才知道这是实在的事，因为自己心中已有了秋兰，况且白苹还一味地缠绕自己，所以他当然着急起来，遂转着乌圆眸珠，说出了这一番理由来。乐天听了，也着急地说道："婚姻事情，终得由大而小挨次下来才对，弟弟怎么好抢着哥哥先订婚呢？我说你这理由是不对的。"

"这有什么关系呀？社会上类如弟弟先结婚的情形也很多呢！"

"我不要，哥哥不订婚，我就更嫌太早了。"

乐天由沙发上站起身子，表示不愿意的样子，恨恨地说。高利民笑道："其实你们年龄都不小了，大家应该定了亲事才对。不过对于这一头婚事，照彼此年纪而说，倒是嫁给乐天为相宜。因为这个女孩儿还只有二十一岁，比乐天小一岁，和乐明却相差五年。所以我的意思，还是乐天先定下了再作道理。"

"相差五年，不也很好吗？爸爸，你应该先给哥哥的。"

乐天听父亲这样说，急红了脸儿，连忙又坚决地推脱。乐明听了，也连声地说不要。高太听两个儿子都不要，便生气地说道："不要，不要，大家都不要！老头子，我劝你还是别管这些闲账吧！"

"哎！孩子长大了，便什么都不由爹娘做主了。"

利民摇摇头，却忍不住深长地叹了一口气。于是大家静悄悄地沉默了一会儿，这时仆妇进来，说饭厅里已开上了饭，请老爷太太，大少爷二少爷用晚饭去。

第二天早晨，乐明还只刚起身，仆妇就来说大少爷的电话。乐明连忙来到电话间，握了听筒，问道："是谁？"

"你是高乐明吗？我是白苹。"

"喔！白小姐！这么早有什么贵干呀？"

"我有一件要紧事情跟你商量，你马上到乐开咖啡室来一次好吗？"

"今天学校里要上课的，我哪儿来工夫还上咖啡室呢？"

"难道你就不能为我牺牲一天吗？你……你……也太狠心了。"

"这……这……你要原谅我，我……早晨实在没有空呀！这样吧，晚上七点钟我们在咖啡室碰面好不好？"

"也好，那么我请你在金谷饭店吃西餐，你可不能失约。"

乐明被她缠绕不过，一时没有办法，也只好勉勉强强地答应下来。他放下听筒的时候，却忍不住深长地叹了一口气。

五　悬崖勒马孺子尚可教

　　一阵一阵的音乐声音，在天青的日光灯之下，悠扬地播送着。那边火车式的座桌坐了一个摩登的姑娘，她这时的神情，显着相当的忧郁，皱了细长的眉毛儿，好像心事重重的样子。她不时抬起头来，向门口进来的男女食客张望不停。而且她又常常瞧着手腕上的手表，显然她是在等人的样子。好容易给她发现一个西服青年，匆匆由门外而入，她仔细一望，这才展现了笑容，很快地走上前去，拉了他的身子，叫道："高先生，你也来得太迟一些了，叫人等了多心焦哪！"

　　"白小姐，我们约定的不是七点钟吗？此刻还只有六点五十呀！怎么能说我迟到呢？"

　　乐明听她似乎有埋怨的意思，遂不得不辩白着回答。白苹仔细一想，也觉得自己有些埋怨错了，遂对他盈盈一笑。一面拉了他向座桌边走，一面说道："虽然约好原是七点钟，但你应该早些儿到来才好啊！"

"你不知道，我在学校里分不开身，其实我的心里也很着急呢！"

乐明没有办法只好这么回答她，表示他有不得已苦衷的意思。白苹坐下后，便向侍者一招手，吩咐拿上两客精美西餐，一面又向乐明问道："你喝什么酒？"

"还是喝啤酒吧！你喜欢吗？"

"很好，我也爱喝啤酒的。喂！拿四瓶啤酒。"

侍者答应了一声，便即匆匆下去。乐明在袋内取了烟卷，一面点火吸烟，一面望了白苹一眼，笑嘻嘻相问道："你喝啤酒的胃口这么好吗？我是只能喝一瓶的。"

"我的意思，原预备每人喝两瓶。既然你只有一瓶胃口，那么我就喝三瓶也没有关系。"

"我就怕你像在杭州一样的喝醉了，那可怎么办？"

"今夜我若喝醉了，我倒希望能够醉死了痛快。"

白苹听他这样说，粉脸上立刻笼住了一层浓霜般的愁云，叹了一口气，沉痛地回答。乐明倒弄得有些莫名其妙，吃惊地问道："你这话是什么意思？难道你受了什么刺激了吗？"

　　"难道你忘记我约你到这儿来是有事情商量吗？"

　　白苹的明眸含了哀怨的情意，向他脉脉地逗了一瞥，低低地问。乐明听了，这才记了起来，哦了一声，连忙说道："不错，那么你有什么为难的事情和我商量呢？"

　　"我回到家里，听爸爸告诉我，他预备给我配人了。"

　　乐明听她说完，大有盈盈欲泪的样子，一时暗想，奇怪得很，这真是无独有偶的了。因为自己对她根本也没有什么意思，所以对于这个消息，当然心中也并没有过分吃惊的表示，故意沉吟了一会儿，说道："你知道对方是个怎么样的人？照片看过吗？"

　　"没有。"

　　"在读书，还在经商呢？"

　　"我也不知道。"

　　"难道你爸爸给你做媒，就不详细告诉你对方的人才吗？"

"他告诉我的，但我心中就存了一个不愿意，所以一句也没有听进耳朵里去。我不愿意这种盲目的婚姻，我无论如何也不答应的！"

　　白苹恨恨地说道，她几乎要哭出来的样子。乐明见她类如撒娇的神情，又听她这么说法，一时忍不住倒也笑起来了。白苹被他一笑，倒气得愤愤地说道："你这人真没有情义的，我心里难过，你还向我笑哩！"

　　"我笑你说得有趣，你爸爸既然详详细细告诉你对方的人品，你就暂时听在耳朵里也不妨事呀！为什么一句也不听呢？"

　　"我一心一意要嫁给你，我为什么还要听这些啰唆的话呢？"

　　白苹说出来这两句话，秋波乜斜了他一眼，红了脸儿，有些赧赧然的样子。乐明听她对自己竟有这么的痴心，一时心也不禁怦怦乱跳。但他竭力压制住情感，为难地说道："不过，你该明白，我已经是个有未婚妻的人了。"乐明说到这里，侍者把第一道花旗冷盘拿上来，并又拿上四瓶啤酒，先开了两瓶。白苹因为听了乐明的话，芳心似乎有说不出的痛苦，她满满地倒了一杯，向乐明举了一杯，说声请，便仰了脖子，一饮而干。乐明见她态度失常，心里有些慌张，遂急急地说道："白小姐，你为什么要这样狂饮呢？"

"不要管我，我非喝个大醉不可。"

白苹一面说，一面拿了啤酒瓶，又向杯子里倒去。乐明这就伸手去阻拦了她，低声儿劝着说道："白小姐，你这又是何苦呢？你千万不要这个样子，我们有话好好儿地说吧！"

"还有什么可说的？我恨不得马上就死！"

白苹被他阻拦了，这就不能再喝酒了，她万分怨恨地说了这两句话，眼泪竟然真的直滚了下来。乐明忙又温情地说道："白小姐，那么照你的意思说，你预备叫我怎么样呢？"

乐明这句话，倒是把白苹问得愕住了。于是便收束了眼泪，叹了一口气，哀怨地说道："我不是叫你来商量商量的吗？"

"白小姐，我喜欢跟你说老实话，你要我跟未婚妻去解除婚约，这在我倒也无所谓，然而我父母肯不肯依我这样做，那实在还是一个问题。所以我的意思，你爸爸既然给你配人，你不妨先听听对方是个怎么样的人，倘然是个俊美的好人才，那么在你又何必一定要爱上我一个有未婚妻的青年呢？因为我去解除婚约，这也是一件很麻烦的事。况且两头美满亲事，拆散了变成我们一头亲事，这在我未婚妻的心中，她是多么痛苦呢！白小姐，你说我这话可有道理么？"

"我明白了，你大概很爱你的未婚妻吧？"

"因为我不愿一个可怜的女子遭到这一重打击的痛苦。"

白苹听他这样说，她似醉如痴地出了一会子神，眼泪忍不住又落下来了。乐明见了女人家的眼泪，他心里也会感到悲酸起来，叹息着说道："白小姐，我劝你别太痴心了。"

"你……就……忍心看着我这个可怜女子遭到打击的痛苦吗？"

"你现在根本还不知道对方的人生得好不好，你怎样肯定你自己会遭到打击呢？万一那个对象倒比我更生得好呢？这机会错过了，岂不可惜吗？"

"那么假使是个不俊美的人儿呢？你有什么办法可以使我感到满意吗？"

乐明听她这样问，一时倒觉得不知怎么回答才好，遂沉吟了一会儿，忽然笑了笑，敷衍着说道："假使你见过他的人儿后不喜欢他，我一定去解除婚约，来跟你结婚。"

"啊！我的天！你这话可是真的吗？"

白苹把娇躯靠到他的身上去，她这会子却忍不住破涕笑起来了。乐明见她对自己这么的情意绵绵，一时也不免被她弄得神魂颠倒，遂扶起身子，含笑指指花旗冷盘，说道："白小姐，我们先吃菜好吗？此刻肚子倒真有些儿饿了。"

"好！你只管吃呀！我又没有不叫你吃呀！"

"那么我们慢慢儿一口一口地喝，不要这样一杯一杯地狂饮。"

乐明一面低低地说，一面握了杯子凑了过来。白苹懂得他的意思，遂也握了杯子，和他碰了一碰，然后两人凑到嘴边，喝了一口。乐明握的刀叉，向盆上一指，便动手吃了，一面望了白苹一眼，却神秘地一笑。白苹红晕了娇靥，赧赧然地问道："你为什么望着我老是好笑呀？"

"我笑你像个小孩子似的，一会儿哭，一会儿又笑了。"

"嗯！没有成家的青年男女，当然还是个小孩子，难道你算是个大人了吗？"

白苹噘着小嘴儿，撒娇地说，秋波逗给他一个妩媚的娇嗔。乐明没有回答，却含笑低头只管吃着菜儿。两人吃了一会儿，白苹拉了拉他的手，低低说道："我要你跟我跳舞去，你愿意吗？"

"我当然愿意的。"

乐明站起身子，挽了她手儿，一同走到舞池里去了。白苹紧紧地靠在他的怀内，把她的粉脸也柔软地贴在他的面颊上，这意态真是亲热到了极点。乐明在她这样柔媚的手腕迷恋之下，他那颗心儿真是紧张得像小鹿般地乱撞起来了。但白苹忽然仰开娇靥，眯了媚人的双眼，凝视着他，笑道："你的心怎么跳得那么厉害呀？"

"因为……我好久不跳舞的缘故。"

乐明情不自禁搂住她的腰肢儿，两人的胸部就贴在一起，这时乐明的感觉，更加神魂飘荡起来了。白苹还把小嘴去吻他的面颊，低声儿说道："我说你是见了女色动了心的缘故。"

白苹一面说，一面还故意把身子扭动了几下。乐明身上的每个细胞，这就更加肉感起来了。他在杭州因为已经亲近过女色的滋味，所以此刻糊糊涂涂的，顿时会想到了神秘的一幕。幸亏这时音乐已停，两人方才携手回座了。白苹见他脸儿也红得发烧，而且两眼望着自己，好像有些迷醉的样子，于是她的芳心，便想到了一个主意。她把啤酒满满地又倒了两杯，笑道："来吧，我们喝个痛快，人生难得几回醉！"

"我怕你会喝醉的……"

"不会的，啤酒没有关系，我给你再倒一杯。"

乐明起初是很清楚的，但到底有了三分酒意之后，况且又在白苹柔媚的手腕抚弄之下，他也慢慢地糊涂起来。两人吃毕这顿西餐，啤酒喝了半打。这时已八点半了，乐明伸手要付账，却被白苹抢着付了，秋波白了他一眼，说道："今天是我请客，为什么要你付钱呢？"

"你付我付不是一样的吗？你为什么要分得那么清楚呢？"

乐明笑嘻嘻地回答，他有些讨便宜的意思。但白苹听了，是感到十分的欢喜，点点头儿，眉花眼笑地说道："你这句话说得中听，那么我已付了，你回头还给我好了。"

"好的，好的，那么我送你回家去吧！"

两人一面笑着说话，一面走出了金谷饭店的大门。这时马路两旁的舞厅戏院的霓虹灯亮得通明，真是十分的热闹，白苹说道："这么早的时候，你预备送我回家去吗？"

"我随你的意思，你要到哪儿去游玩，我终可以奉陪你。"

"那么我们到大东舞厅去坐一会儿，那边地方大，比较清静一些。"

乐明听她这样说，遂把头一点，表示很赞成的意思。两人坐了三轮车，便又到大东舞厅里找寻欢乐去了。

舞厅里的光线当然比金谷饭店内更要暗沉而带了神秘的成分，所以酒后的乐明和白苹，两人紧紧地偎坐在一个角落里，他们是显得分外的亲热。这时爵士音乐奏得非常热狂，白苹虽然醉得身子有些软绵绵的，但是她心中也被音乐声鼓动得高兴起来，遂拉了乐明的手儿，一同到舞池里去了。

在一阵欢舞之后，白苹有些头晕目眩起来，因此搂住了乐明的脖子，一面咻咻地笑，一面却连说不行不行。乐明奇怪地说道："什么事情不行呀？"

"我不能再跳下去了，我的两眼发花了呢！"

"一定是有些醉了，我快扶你到桌子旁去坐一会儿吧！"

乐明听了，慌忙把她连抱带扶地回到座桌边来。白苹把娇躯整个儿倚在乐明怀里，微闭了星眸，口里

98

低低地说道："别动，别动，我要呕吐起来了。"

"那怎么办？我……我……不是叫你少喝一些儿吗？"

乐明有些埋怨地说，一面却一动不敢动地让她静静地靠着，恐怕她又会呕吐起来。白苹并不说话，闭了眼睛养神，但她的小嘴齐巧凑在乐明的脸上，乐明只觉她吹气如兰，似乎有股子细细的幽香，触送到鼻子管里来。他本来已经有些醉意了，因此这时就更加神魂飘荡的完全陶醉了，情不自禁地偏过脸去，他的嘴齐巧对准白苹樱唇旁，于是他不老实地吮吻下去了。白苹是个怀春的少女，在平日确实已很需要异性的慰藉了，今日在酒后的环境下，被乐明这么轻轻一吻，那嘴唇是最敏感的东西，这使白苹内心的热情更像火山似的爆发出来。微启明眸，乜斜了他一眼，嗯嗯唔唔发嗲地说道："怎么啦？你偷东西吗？"

"我偷什么东西？"

"你偷了我的小樱桃，嘻嘻……"

白苹低低地说，却忍不住咴咴地笑得花枝乱抖。乐明被她身子这么一抖动，这就引起了感觉，他情不自主地紧搂她软软的腰肢儿，笑道："难道你舍不得给我偷吃吗？"

"我肯，我情愿，你不用偷，你就放大了胆子爽爽快快吃吧！"

白苹这时的热情已关不住了，她一面说，一面把小嘴儿也凑了上去。乐明还有不乐而接受的道理吗？于是两人的嘴唇再度凑合在一起来。良久之后，白苹才推开了他，气喘喘地说道："我……我……头痛得厉害，我……我……要睡了。"

"那么我送你回吧！"

"不！我不能让风吹了我，否则，我要呕吐的。"

"那怎么办呢？你终不能在舞厅里睡一夜的。"

乐明搓搓手，皱了眉尖儿，似乎忧愁地说。白苹眉花眼笑地凝视着他俊美的脸儿，心里荡漾着说道："不睡在舞厅里，不回家去，还有别的地方能给我睡吗？你倒想一想。"

"那除非是睡在大东旅社了，不过……被人家瞧见了，说起来很不好听吧？"

乐明情不自禁冲口说出来这句话，但立刻又顾虑到这一层地回答。白苹却很得意地扬眉笑道："这不会那么巧的，难道就会碰见什么熟人吗？我想你准定给我弄一个房间去养养神，否则，我委实受不了！"

"我的意思，还是我送你回去比较妥当。"

100

"嗯！我不要，你……不依我，我……情愿不要做人了。"

白苹撒娇地说，她说到后面，似乎还要哭出来的样子。乐明这就没有了办法，只好称了她的心意。

当白苹睡在大东旅社床上的时候，她口里还是不住地呻吟着，好像有什么不舒服的样子。乐明本来是坐在沙发上出神，听了她的呻吟声，便走到床边去，低低地问道："白小姐，你为什么哼着？有什么痛苦吗？"

"我头痛，我心里发烧……"

"那是你酒醉的缘故，我叫侍役去买些水果来给你吃吃好吗？"

"不要，你……你……能给我在额角上轻轻地捶敲几下吗？"

白苹水汪汪的秋波，向他乜斜了一下，央求地说。乐明不忍拒绝她，只好在床边坐下了，握了拳头，在她额角上一下一下地敲着。白苹含了浅浅的笑容，呆呆地望着乐明，似乎得到了一种深深安慰的样子。乐明于是问她说道："你现在觉得好一些儿吗？"

"好得多了，谢谢你，你累吗？"

"我不累，你闭了眼睛静静地睡一会儿。假使你在十二点之前醒过来，我还可以送你回家去。"

乐明很温情地说，他此刻理智还很清楚。但白苹听了，芳心里却有些儿怨恨，不过表面上是显出感谢的意思，向他点点头。过了一会儿，白苹又低低笑道："你瞧，我们这情形像什么？"

"像什么？"乐明莫名其妙的样子，低声反问她。

"哎！你这人真笨，这一些都不知道的。"白苹向他怨恨地娇嗔着。

"哦！……"乐明有些想过来了，他微微地笑起来。

"哦什么？我们像不像一对小夫妻？"白苹厚了面皮问，芳心的跳跃，好像小鹿似的乱撞。

"有些像……"乐明的心儿也跳动着。

"干吗说有些像？难道不能说完全像吗？"

乐明不知道该怎么回答才好，他笑着却没有作答。白苹见他还是毫无感情的样子，心头十分焦急，忽然眉尖儿一蹙，喔了一声叫起来。乐明吃惊地问道："怎么啦？"

"我……我……忽然肚子痛起来。"

"那……可怎么好？我去给你买人丹吧！"

"不用，你给我揉摸揉摸就行了。"

白苹两手捧着腹部，显出万分痛苦的样子。乐明被她说得神志有些糊涂起来，一时只好依顺了她，伸手在她腹部连连揉摸。白苹兀是喔唷喔唷地叫着，乐明因她哼得厉害，所以揉摸得更加起劲。白苹睐了两眼，瞄着乐明，还连说往上一点。乐明随了她的话儿，他的手指接触到软绵绵高耸耸的时候，他的神志就更加昏迷起来了。在不可抑制的热情爆发之下，乐明情不自禁地伏下床去，把她脖子紧紧地搂抱住了，在她小嘴儿上这就发狂似的吻了一个痛快。

当白苹的酥胸已显露在乐明眼前的时候，忽然间，在乐明的脑海里回想起秋兰这个姑娘来，因此他的耳朵里仿佛听到有人在对他说："你不能再随随便便爱上别的女人了，否则，你会没有好死的!"这在乐明心中是感到十分的吃惊，他身子不觉一阵子颤抖，好像有盆冷水浇在头上似的，立刻感到害怕起来，于是慌忙一骨碌翻身爬起，逃到沙发上去坐下了。

白苹软绵绵地躺在床上，在她芳心里的意思，原是静待他的发展。因为她预备把生米煮成了熟饭之后，便可以要挟他一定得去解除婚约不可了，那么她就可以达到嫁给乐明的愿望，同时在自己爸爸面前，也可以抱定决心拒绝安排婚姻的勇气了。万不料正在一触即发的时候，乐明会不战而退，一时又惊又奇，猛可从床上坐起，急急地问道："哎！哎！你……你……这是怎么一回事呀？"

"我……我……不能这样糊涂，我……我……太惭愧了！"

乐明绯红了两颊，十分不好意思的样子，支支吾吾地说。白苹听了，这才明白过来，心中不由得暗暗好笑，觉得世界上还有这么老实的傻孩子，那真是太可爱了。因此益发非得到他不可了，遂离开床边，也走到沙发旁边去，把娇躯直倒向他的怀里，媚笑地说道："只要你真心地爱我，我情愿把身子先交给你。"

"但……这不是一件合法的事情，我……不能这样的……唉！请你原谅我吧！"

"那么……你……吻了我，你……摸了我，我……我……就这样白白地牺牲吗？"

白苹无限怨恨地白了他一眼，她故意把乳峰露到外面来。乐明连忙把她衣襟拉上了，遮去了这诱惑性的怪物，说道："白小姐，你……有些醉了，你……

应该把头脑冷静一下子，我们是不应该这样的荒唐……"

"好！你刚才吻我摸我，你……不是存心侮辱我吗？"

白苹竖了柳眉，愤怒地喝问着说，她气得快要哭出来的样子。乐明急得目瞪口呆的，愁眉不展地说道："这是我们都喝醉了酒的缘故，你……你……也不能责备到我一个人的身上来呀！"

"你……这没有良心的人，你……也太狠心了一些，我……女孩儿的肉体已被你玩弄了，你现在不要我了，你……你……叫我还做些什么人呢？我……我也不要做什么人了，我……我就死在你的面前好了。"

"白小姐，你……现在还是一个白璧无瑕的处女呀！我究竟还没有对不起良心呀！你为什么要这样说呢？"

"我和你一同在旅馆之内，外界说起来，我们终是发生过关系了，你以为叫我嫁给谁去？你既然不要我，就不该吻我亲我。我现在无脸做人，我还是自杀干净！"

白苹觉得女孩儿家在移樽就教之情形下，谁知还

105

是得不到胜利，这是多么的坍台呢！所以她在乐明怀内撞哭了一会儿之后，猛可站起身子，似乎奔到外面真的要去闹自杀的样子。

六 移花接木用心诚良苦

乐明见白苹发狂似的要向门外直奔，这就急得抢步奔了上去，紧紧地拉住了她的手，有些口吃的语气，说道："白小姐，你预备上哪儿去？"

"我到马路上去给汽车辗死了干净。"

"这……这……又是何苦来呢？你犯不着这个样子呀！"

"不要你管，我喜欢死！你叫我怎么活得下去？"

白苹一面说，一面尚有挣扎着向外走的意思，她粉脸上是沾了无数的眼泪。乐明哪里肯放开她，用力把她拖回到沙发上坐下来，低低地说道："白小姐，你且静一静，我有许多话要跟你说。"

"没有什么可说的了，我……我一切都完了的。"

"你要明白我心中的苦楚，我……我……老实地告诉你吧,我……我因为已经和一个姑娘发生过肉体关系了,你想,我……我怎么再能跟你……唉!那我还能算是一个有人格的青年吗?"

"什么?你和谁发生关系过了?"

乐明皱了眉毛,无限惭愧地说,他内心似乎十分痛苦的样子。白苹听了这个消息,当然十分惊奇,遂抬了满颊是泪的粉脸,望着他急急地问。乐明的耳根子也红了起来,支吾了一会儿,才低低地说道:"就是……秋兰……"

"哦!原来就是她?难道就在这次杭州她的家里发生的吗?"

白苹恍然地哦了一声,大有酸溜溜的成分,妒忌地问他。乐明点点头,却羞愧地没有回答。白苹接着问道:"是你爱上她,还是她勾引你的?"

"这也说不上谁的错,都是酒害的人。比方说我们今夜的事吧,也是为了喝醉酒使我们神志都糊涂起来了。"

"秋兰的爸爸知道吗?"

"没有……他若知道了,我还有脸儿做人吗?人家好意叫我住在他的家里,我却把人家女儿身子沾了,我……还能算人吗?"

"那么你说你已订了婚的话，完全是骗我的了?"

"其实，我和秋兰既已发生了肉体关系，不是比订婚更近一步吗?"

"你……你……把我怎办?"

说话到这里，白苹方知他是为了秋兰的缘故，所以不肯再爱自己了。照道理说，白苹应该放乐明，另找对象。但爱情原是最自私的，在爱的圈子里，大多数人，是只有自己，没有别人的。所以白苹心中又妒又恨，又怨又悲，秋波白了他一眼，忍不住又伤心地流起泪来。乐明在这情形之下，深悔不该和白苹一同在酒后到舞厅里来。不过他口里却解释着道："白小姐，你不还是一个清清白白的姑娘吗? 你只管另外可以嫁一个如意郎君，那根本没有什么关系啊!"

"难道你……不能放弃秋兰来爱上我吗?"

"这……我也是有苦衷在心里，我不能见一个爱一个，糟蹋一个丢掉一个，假使我抛弃了秋兰，使秋兰心中受了打击，那么她又将如何的悲痛呢? 万一像你一样的要去闹自杀了，我的良心怎么能安呢?"

"她自杀了，你良心不安，那么我自杀了，你倒安心吗?"

"可是，你犯不着自杀的，因为你还没有给我玷

109

污过，你还是一个处女，你有光明的前途，你仍旧可以步入幸福的乐园。"

白苹听到这里，因此弄得无话可答。不过，她芳心里始终觉得十二分的不如意，所以呜呜咽咽的又哭泣不停。乐明被她哭得没有了主意，只有长吁短叹地叹息了一回。忽然他灵机一动，拍拍白苹的肩胛，说道："白小姐，你快不要哭，我倒是有个主意。"

"你有什么好主意呀？是不是你肯爱上我了？"

白苹停止了呜咽，泪眼盈盈地望着他，急急地问。乐明见她对自己竟痴心得这个样子，一时倒也十分难受，遂低低说道："不，我想给你介绍一个对象……"

"不要，请你别这么的热心。"

白苹失望地白了他一眼，显然有些娇嗔的样子。乐明微微一笑，说道："我给你介绍的人才，绝不比我差的，至少是还要好上我一倍。"

"除非和你的脸蛋儿性情都一样。"

"那就好办了，说起来确实和我差不多，而且年纪还比我轻，今年只有二十二岁，和你是天生一对、地生一双。"

乐明笑嘻嘻地回答，他似乎有些扬眉得意的样子。白苹很奇怪的有些将信将疑，秋波脉脉地望着他，问道："他是你什么人？"

"猜一猜。"

"同学是不是？"

"不是。"

"我不高兴猜了，人家心里难过，你还来调排我。"

白苹怨恨地逗了他一个白眼，生气地说。乐明这才笑着告诉道："他是我的弟弟，名叫乐天，现在在荣光大学读书，容貌比我生得漂亮，我下巴还有几根胡须，他实实在在是个小白脸呢！"

"你真的还有一个弟弟吗？"

"我干吗要骗你？当然真的，假使你做了我弟媳，不也很好吗？"

"可是我还不知道他的性情好不好？"

"好！好！当然好，我口说无凭，明天你见到了他，保险你心里会喜欢他。"

白苹听他这样认乎其真地回答，一时心里倒也略为喜悦起来，遂收束了泪痕，不由得嫣然一笑。但既然笑了出来，却又觉得十二分难为情，白了他一眼，似乎有无限怨恨的样子。乐明很正经地说道："今夜的事，好在我们只有两个人知道，只要你我能保守秘密，那么就绝没有第三个人知道了。白小姐，你到底喜欢跟我弟弟交朋友吗？"

"这儿有两个问题，我心中不免有些担忧。"

"什么问题呢？"

"第一，你弟弟是否是我理想中的人？第二，一个大学生说不定他早已有了女朋友的。"

"这两个问题一些不用担忧的，等明儿你们一见面之后，不是就可以解决了吗？"

乐明这样地劝告她，白苹也就不说什么话了。这时两人酒也醒了一半，想起了刚才种种情形，都觉得很不好意思地感到赧赧然起来。乐明一瞧手表，已经十一点四十分，于是低低说道："时候不早，我送你回家去吧！"

白苹默默站起身子来，她走到梳妆台旁去，在皮包内取了木梳，理了理蓬松的头发。乐明拉了她的手，方才送她回家去了。

这晚白苹回家后睡在床上，呆呆地想了一会儿醉后的情形，真觉得羞愧万分，她觉得一个女孩儿家，真是太失了自尊性，因此颇为悔恨，忍不住暗暗地流了一会儿眼泪，方才沉沉入梦。第二天早晨，白苹懒洋洋的不肯起床，因此没有去学校里读书。白苹的母亲以为女儿病了，倒着急地来白苹房中探望了好几次，要想给她请医生，又被白苹阻拦了，因此只好嘱咐她静静休养，还给她买来了许多水果和糖食，是给她躺在床上消遣的意思。

直到黄昏时候，仆妇林妈匆匆来报告，说小姐有电话来了。白苹听了，心中暗暗奇怪，这是什么人给自己电话呢？于是披上了睡衣，来到电话间，拿了电话筒，低声儿问道："你是谁？叫什么人听电话？"

"我是乐明，你是白小姐吗？今天没有上学校去？"

白苹想不到乐明这时候忽然又会给自己电话来了，她芳心里倒又微微地动荡一下，遂连忙含笑说道："是的，我今天没有上学校，你怎么知道的？"

"我到学校里去找过你，是你同学们告诉我你家的电话号码，所以来问问你的好，为什么在家里休息？难道有什么不舒服吗？"

"不，我懒得上学，就赖学一天。怎么啦？你找我有事情吗？"

"你忘了给你介绍我的弟弟的事情吗？假使你有空，你此刻到晋隆饭店来好吗？"

"好，我马上就来。"

白苹听乐明并没有失信，可见他是很诚心诚意地给自己介绍，于是便很高兴地答应下来。一面放下听筒，一面便急急回到卧房来化妆了。

等白苹化妆完毕，坐车赶到晋隆饭店，天色已经晚了。匆匆走到楼上，只见乐明已迎候在门口了。乐明一见白苹打扮得无限美丽地到来，遂和她握手笑道："好等好等，我以为你做黄牛了。"

"人家不是该洗个脸换身衣服吗？你的弟弟呢？"

乐明听她这么性急地问，不由得神秘地一笑，把手向那边一指，遂拉了她走到那边座桌旁去。只见一个西服青年，果然站在桌子旁，满面含笑地相迎自己。乐明于是介绍着说道："这位是白小姐，这位是我的弟弟乐天。"

"哦！白小姐！"

乐天含笑向她招呼着，两人便握了一阵子，三个人于是在桌子边坐了下来。乐明这时忙着向侍者吩咐拿酒拿菜，白苹趁此向乐天偷望了一眼。觉得弟兄俩的脸儿有些相像，果然乐天的容貌比乐明更白嫩可爱，一时芳心不免暗暗欢喜。乐天的两眼，自然也注视到白苹的脸上去，觉得柳眉杏眼，樱桃小口，芙蓉粉颊，果然绝丽非凡。两人互相地打量着，自不免四目相接，彼此这就觉得很难为情，忍不住都赧赧然地笑了。乐明见他们都在眉目传情的样子，遂也笑道："我弟弟是大学生，白小姐也是大学生，你们都是有为的青年，我希望你们诚诚恳恳地交一个朋友，将来在社会上干一些事业。"

"只怕我高攀不上吧！"

"不要客气，我是不大会说话的。"

乐天脉脉含情地瞟了她一眼，微笑着说。白苹觉得他的目光，好像含有一种电流的热会向自己心眼儿上灌注过来，因此对他也就存了一份好感，把一片爱上乐明的情意，也就转移到乐天的身上去了。

这时侍者送上酒菜，乐明满斟三杯，把玻璃杯送到乐天和白苹的面前。他又望了白苹一眼，似乎含有些作用地说道："今天我们不多喝酒，三个人只能喝两瓶啤酒，那就绝不会醉的了"

"喝酒容易误事，我们应该少喝一些儿的好。"

白苹听乐天这样说，她的两颊有些心虚地绯红起来，遂含笑点点头，并不作答。乐明知道她所以羞愧的缘故，遂把杯子一举，打岔地说道："那么我们喝酒吃菜吧！好在我们吃的是西餐，用不到说请呀请呀，大家不用客气。"

"我赞成外国人的风俗习惯，他们绝没有一些虚伪的客套，这是多么的爽快呢！"

"那么小高先生的个性一定也是挺爽快的了，是吗？"

"不错，我弟弟的个性和白小姐有些仿佛，喜欢爽快的。所以你们交了朋友，一定可以情投意合十分的知己。"

乐明听白苹笑盈盈地这么问他，遂不等弟弟开口，先代为很快地回答。白苹秋波向乐天逗了一个媚眼，两人都赧赧然笑了。

吃完这餐西菜，时已八点相近。三人走出晋隆门口的时候，乐明故意很识趣地望了他们一眼，含笑说道："我还有一些别的事情，得先走一步了，你们两人可以到对面米高美舞厅里听一会儿音乐，因为此刻时候还很早呢！"

乐明说完了这话，也不等他们回答，便跳上三轮车匆匆地走了。这儿乐天望着她玫瑰花般的娇靥，低低地说道："白小姐，你有兴趣去听一会儿音乐吗？"

"好的，你高兴去，我一定奉陪。"

白苹点头答应，两人遂向对马路走了。在穿马路的时候，乐天扶了她的手臂，表示十二分地关心她。白苹觉得他和哥哥一样的温文可爱，因此心眼儿上自然又无限的甜蜜。

在舞厅的一个角落里，两人紧紧地靠坐在一起，他们已经跳过了好几次的舞，所以他们在行动上似乎也亲热了许多。这时乐天便向白苹低低问道："白小姐，你和我哥怎样认识的？"

"唔！……我们在杭州认识的……"

白苹因为不知道乐明在弟弟面前是怎么说的，恐怕说了谎，反而不符合，使乐天心中引起疑窦，所以支吾了一会儿，含糊地回答。乐天含笑又问道："听说你是我哥哥女朋友的同学是不是？"

"对了，你哥哥女朋友姓崔名叫秋兰，她是我的同学，这次我到杭州去游春，在崔小姐家里跟你哥哥碰见的。说来很巧，回上海来的火车上，我们又碰到了，你说不是很有趣吗？"

白苹这才很坦白地告诉了他，表示她和乐明根本没有一些儿女之情的关系。乐天点点头，认为她告诉的和哥哥说的相同，一面又问道："白小姐府上还有些什么人？"

"爸爸、妈，此外没有什么人，我是没有兄弟姊

117

妹的。"

"原来是个独养女儿，那你平日一定很娇养的。"

乐天笑嘻嘻地说，他觉得白苹妩媚的风韵令人很觉得可爱。白苹秋波乜斜了他一眼，笑盈盈说道："嗯！我回到家里之后，还叫妈抱着我呢！"

白苹说着，两人忍不住笑了一阵。这晚他们直到十一点敲过，方才携手出了舞厅。坐了车子，送白苹回家后，乐天才一个人回去。

乐天回到家里，走过哥哥的房门口，见里面还亮着电灯，遂推门入内。只见哥哥坐在写字台旁，好像在写什么似的。轻轻地走到他背后，探头望去，只见一张信笺上写着"秋兰吾爱……"等字样，显然他是在写情书，这就忍不住噗的一声笑了起来。乐明听有笑声，连忙回过头来，一见了弟弟，便连忙把信笺覆了转来，微红了脸儿，似乎有些难为情的样子，说道："弟弟，你多早晚回家来的？我竟一些儿也没有知道。"

"刚回来呢！哥哥，这情书不能公开吗？那我就不来打扰你了，明儿见！"

乐天一面笑嘻嘻地说，一面预备向门外走。但乐明却叫住了他，并叫他坐下，说道："弟弟，别忙，我要跟你谈谈。"

"谈什么？写情书要紧呀！"

乐天虽然是在沙发上坐了下来，但口里还取笑着说。乐明也笑了起来，一面取了一支烟卷吸着，一面向他低低问道："我给你介绍的那位白小姐，你觉得她的人品还中意吗？"

"才见了一次面，那怎么就能知道了呢？"

乐天微微一笑，脸儿也有些红晕。乐明伸手弹了一下烟灰，笑道："事情固然要日久见人心，但你终有一些感觉，她的人儿使你感到怎么样呢？是不是愿意和她一直做个朋友？"

"让我们多有几次碰面之后，才可以决定她是不是我理想中的女人。"

"这话倒也不错，但照我猜想，你们一定能够很要好起来的。"

乐明点点头，他猜测地说。乐天似乎想到了什么似的，微蹙了双眉，说道："不过爸爸要给我们定亲，那可怎么办呢？"

"我们不是已经回绝过爸爸吗？我想爸爸也不会过分强迫我们的。"

兄弟两人谈说了一会儿，方才各道晚安，乐天回房安睡去了。光阴匆匆地过去，乐天和白苹在几次碰面、一同游玩之后，感情也就一天一天地增加起来。这天星期日，乐天和白苹在公园里游玩。这已经是秋天的气节了，但游人还十分拥挤，大半都是三五成群年轻的学生子。白苹乐天他们坐在一棵大树下面，身子互相偎得紧紧的，显然是十分亲热。两人东谈西谈的，白苹忽然忧愁地说道："自从八一九改革币制之后，我爸爸就再不能做投机了，他这几天很烦恼，因为他从今不是要失业了吗？"

"我想一个人钱太多了又有什么用呢？就是你爸爸不做投机了，也不至于会饿死吧！只要币制改革成功，大家有饭吃，社会上民生问题不是会安定得多吗？况且你爸爸将来可以做一些实业，这不是一样可以赚钱吗？"

乐天到底还有一些爱国思想，遂向她这么回答。白苹点点头，说道："你的话虽然很对，不过做惯投机生意的人，他别的事业就不会做了。"

"这也说说罢了，一个人只要有决心，当然可以改变事情的。比方说我爸爸吧，他做的是白报纸生意，这次我劝他老人家把所有货色应该照八一九限价出售，那么使金圆券才能稳固呢！"

"可是还有许多纸业商却在工会做黑市交易呢!"

"这种人应该杀头充军!"

"你倒是挺爱国的。"

"爱国是人民的责任和天性,不爱国的人除非是畜生!"

"你骂得很痛快,我回家去一定要好好儿劝告爸爸,叫他千万别再上交易所去了。"

白苹被他说得非常感动,遂一本正经地回答。乐天听她后面一句话,似乎有些露出马脚来了,这就惊讶地说道:"怎么?你爸爸还上交易所去?难道在做黑市交易吗?"

"我……也不知道呀!他说他开设的字号里还有些账目没有弄清楚呢!"

"这倒是一个很严重的问题,你不能袖手旁观的。假使被当局调查出来,那可是要犯法的呢!"

乐天关心地向她忠告着说,白苹听了,有些心惊肉跳,连忙称是。这天他们并没有玩得太晚,在外面吃了夜饭之后,就各自回家去了。

匆匆地过了几天,乐天这日在报上发现有许多做黑市交易的人被当局捕去,他心里代为白苹的爸爸着急,连忙打电话给白苹,约她在大光明咖啡室会谈。

两人见了面，白苹忙问他有什么事，乐天说道："你爸爸这几天还到交易所去吗？瞧报上登载着不是已经有人发生乱子了吗？"

"那天晚上我回家后向爸爸竭力地劝告了一回，最近他住在家里，没有出去过，他也怕犯法哩！"

"这样才好，你们一共也没有多少人，生活终有办法，况且你家又有钱，何必还要利令智昏呢？"

"你的话说得是，这半个月来的物价确实很稳定，假使这样肯长久维持下去，穷人也就有好日子过了。"

"听说这次改革币制，情形良好，人民把金钞向中央银行兑换金圆券，十二分踊跃，这可见人民对政府是非常信赖。"

"不过，我有一个亲戚在中央银行做事，听他告诉我们，说来兑换金圆券的金钞，都是零零碎碎的，大条黄鱼简直没有瞧见过，可想而知这班大富豪还是藏着没有兑换呢！"

"这种人太没有爱国心，将来都是亡国奴！"

乐天听白苹这样说，遂恨恨地咒骂着，神情非常的愤怒。白苹微微地一笑，秋波乜斜了他一眼，说道："那么我倒是问问你了，你爸爸手里金条美钞可去兑换过么？"

"爸爸说他没有金条美钞，他只有报纸，现在报纸照限价出售，那么他可说很对得起国家了。"

两人说了一会儿，喝完咖啡，方才各自分手回家。乐天回到家里，见哥哥正从屋子里走出，他手里拿着一封信，脸上带有愁容，遂低低问道："哥哥，你上哪儿去？"

"我去寄信。你刚回来？"

"是的，你愁眉苦脸的样子，有什么心事吗？"

"唉！秋兰来信说她爸爸病了，没钱请医生……"

"那你该寄些钱去才是啊！或者，最好你自己到杭州去望她一次，你不是说她在杭州很孤苦伶仃吗？"

"可是，我学校里分不开身，所以我只有多寄一些钱给她，希望她爸爸能够早些儿好起来。"

乐天听他哥哥这样说，遂也说了一句但愿吉人天相，早占勿药才好。兄弟两人点点头，遂各自走了。

自从政府加了烟酒税之后，一般商人的心理便都起了失常的变态。限价渐渐地动摇，明限暗涨，尤其是小菜场内的情形，更见混乱。于是一般薪水阶级的小市民，也慢慢地感到生活威胁地痛苦起来。

接着情势一天一天地严重，因此酿成了抢购的局面。于是买油要排队，买布要排队，还要凭每个人身份证限购一件。虽然当局大声疾呼，劝市民不要抢购，因为抢购等于自杀，可是人心惶惶，哪个肯听从这些忠告呢？

上海每一条马路、每一家商店里，都是人头济济，轧得水泄不通。半月来的抢购，各商店内的货物都已卖空，于是全市商店打烊起来，跑到马路上一看，仿佛大年初一。想不到金圆券出世才七十天，竟会遭到这样悲惨的命运，真是使人要痛哭流涕了。

七 繁华春江天堂变地狱

　　一灯如豆，在黑沉沉的卧房内，闪烁着微弱的光芒，把这屋子内的一切更笼上了一层凄惨的气氛。四周是静悄悄的，一些儿声息也没有。秋兰站在窗口旁，抬头望着天空，只见天上满布着灰白的云儿，好像是海洋中的浪花，一会儿在高涌，一会儿又在奔流。一弯眉月，在云堆中发出淡淡的光，旁边还点缀了几颗小星儿。夜风微微地吹，浮云在慢慢地飘动，但是却不容易看得出来。相反地，倒看出月亮和小星在行动的样子，好像是一只船在茫茫海洋中穿过滔天的白浪，作长途的航行。明月仿佛是船上的半扇白帆，星光又仿佛是船上的灯火。

　　"阿兰！阿兰！"

　　秋兰正望着天空中的星月出神，忽然床上的爸爸，在一阵咳嗽之中，又这么气喘喘地叫呼着。于是连忙回身走到床边，低低地问道："爸爸，你叫我做什么？"

"我……我……要跟你谈谈……咳！咳！咳！"

士钊一面说，一面又连忙地咳个不停。秋兰在床边坐下，伸手摸着他的胸口，用了温和的语气，低声儿安慰他说道："爸爸，你才喝了二汁的药，还是静静地安睡一会儿吧！"

"弄点水给我喝，我咳得要命。"

秋兰听了，忙在桌子上端了一杯温开水，服侍他喝了一口。士钊紧紧拉住她的手，两眼望着她发怔，这样子叫人见了有些害怕。秋兰蹙了眉尖儿，像要哭出来似的，急急地问道："爸爸！你……怎么啦？干吗老望着我呢？"

"孩子！我……我……舍不得……丢下你……"

士钊说这两句话的时候，眼角旁已涌上了两行晶莹的热泪来了。秋兰的芳心，好像被什么东西猛撞了一下，使她隐隐的有些儿痛苦，忍不住也流泪说道："爸爸，你……为什么要说这些话呢？你……的病是会好的。"

"我也想好起来，但……事实上却是不能好的了。

126

你瞧，我的病只有一天一天地加重，喝药仿佛喝水一样，这……这……还能活得久长吗?"

士钊见女儿流泪，心头更加疼痛，遂长叹了一声，断断续续地回答了这些话。秋兰扶他好好儿躺下，一面忍住了伤心，一面劝慰着说道："常言道，做病容易收病难，有病的人，偏偏是最性急的，所以要病儿好起来，终要静静地休养才好。爸爸，你不要胡思乱想吧!"

"你这话虽然不错，但我的情形和常人不同，因为我的年纪大了，况且本来已经是个患有风瘫病的，你想，我这身体的抵抗力是多么薄弱呢! 唉! 人老了，终是逃不了一个死，但……剩下你孤零零一个女孩子，叫我的口眼又怎么能安安心心地闭着去呢……"

秋兰听父亲这样伤人心的话，一时再也忍熬不住了，她伏在床上呜呜咽咽地哭泣起来了。李妈在外面听了哭声，慌慌张张地走进来，急急问道："小姐! 小姐! 老爷怎么啦?"

在李妈这一句话中，秋兰就明白她是发生了误会，在她一定以为爸爸不中用了。这就立刻停止了呜咽，站起身子，泪眼盈盈地望了李妈一眼，说道：

127

"没有什么，爸爸说话太叫人伤心了。"

"小姐，老爷有病在身，你应该安慰他老人家才对，怎么能引逗老爷伤心呢？我劝你不要太孩子气了。"

"李妈，这怨不了小姐，原是我自己先引逗她伤心的。唉！时候不早，你们都可以休息的了。"

士钊听李妈埋怨秋兰，遂代为辩白着说。秋兰不愿多劳乏爸爸的精神，于是给爸爸放下帐子，她管自走到下首床上来安睡了。

秋兰本来是睡在自己卧房里的，这几天因为爸爸病得很沉重，万一有个什么三长两短，所以李妈叫她也睡到士钊房内来。这时秋兰坐在下首床上，一时哪里睡得着，耳听爸爸的呻吟声不停地响着，显然爸爸是病得十二分痛苦，心中暗暗想着：爸爸假使真的不救而逝，那么叫我一个孤苦无依的女孩子怎么办好呢？最近生活又日日上涨，三百万换一元的金圆券，现在根本是不值钱了。听说烟卷涨得最厉害，拿一元金圆券去，只能买到一包最劣品质的烟呢！那如何得了呢？虽然我们不吸烟，烟卷涨原不和我们相干，但别的货物不是也会跟着上涨吗？一时又想到乐明从上海来信中说，上海虽然还在竭力限价，但各商店橱窗内根本没有货物，看起来这样下去，上海要天天过新年了。因为各商店整日打烊，那不是和大年初一差不多吗？秋兰左思右想，觉得家事国事都使人担忧，因此忍不住又暗暗地流了一夜眼泪。

第二天早晨，秋兰很早起身，听爸爸没有什么声响，显然还睡熟着。于是不敢惊动他，悄悄地出房来到客厅里，洗脸漱口完毕，李妈已经在厨房烧好稀饭端出，放在桌子上，两人匆匆用毕。秋兰又走到上房来，只听爸爸在急急地叫道："别走，别走！你等等我，你等等我呀！"

秋兰突然听了这些话，心中自不免大吃了一惊，立刻走到床边，把帐子挂起，只见爸爸的两手在连连乱招，这就连忙叫道："爸爸！你在说些什么呀？"

"哦！哦！秋……兰……我……我……在做梦！"

士钊被秋兰急急地叫醒，方才睁开眼睛，向她望了一眼，知道是做了一个梦，于是向她低低地告诉。秋兰见爸爸额角上冒着汗水，好像十分吃力的神气，遂又轻声儿问道："爸爸，你梦见了什么呀？"

"我……梦见了你的妈……"

士钊颤声地回答，他的目光，充分地显露着无限的悲哀。秋兰有些心惊肉跳的，皱了眉毛儿，说道：

"这是爸爸想念我妈的缘故……"

"阿兰！我……我……今天不能不向你说老实话了，我这……病……是快差不多的了，趁我没有断气之前，我要跟你多谈几句话。"

秋兰听爸爸这么说，眼泪忍不住又涌了上来，她说不出什么话，只是伏在床边上抽抽噎噎地哭。士钊伸手抚摸着她的头发，含了苦笑，低低说道："孩子，不要难受，一个人终要死的，你爸爸活到这么大年纪，也不能算为短命吧！我死了之后，你……你……还是到上海找高乐明去，他……不是对你很好吗？况且我们又得了他好几次的接济，你……代我向他谢谢吧！"

"爸爸！你别说下去，你别说下去，我的心也快要碎了。"

"孩子，不要哭……我……这几个月来虽然病在床上，但在报上看到生活的高涨、物价的昂贵，真叫人有些心惊肉跳的。好在我的寿衣寿材早年已经预备，所以这次死下来，也没有什么意外的花费，你就马马虎虎地给我下葬算了，入土为安，这是古人老话。"

士钊上气不接下气地说，他的脸色是显现了分外惨淡。这时李妈也走进房来，听小姐抽抽噎噎地哭，遂拉她身子，劝她不要伤心。士钊见了李妈，又低低说道："李妈，你在我家快二十年了吧，但今天我们要分手了，我死了之后，你要劝小姐不要太伤心才好。"

"老爷！你的病会好起来，别说这些使人伤心的话呀！"

李妈本来是劝秋兰不要难过的，但听了士钊的话，她满显皱纹的脸颊上也会滚滚地掉落了无数的眼泪。

晚上，淅淅沥沥地落着细雨，阴沉沉的空气更增加了悲惨的成分，士钊在这凄风苦雨的夜里，终于长逝人世了。

这是士钊过世十天后的一个早晨，秋兰整理了一些细软衣服，她向李妈叮嘱了一番，叫她好好儿守住家，她听从爸爸临死时的话，便乘火车到上海找寻高乐明了。火车站上的旅客，真所谓人山人海，要买火车票，真是十分困难。秋兰心中暗暗奇怪，想不到往上海去的人竟这么多，难道上海真是天堂吗？因为自己身体娇弱，哪里有气力挤到人缝中去买火车票，所以只好没精打采地退出火车站外来，心中想道，看来要到上海去也不是一件容易的事情呢。正低头叹息，忽然有人向她招呼道："崔小姐，你怎么刚从上海回来吗？"

"啊！是张大嫂吗？我哪里是刚从上海回来呢，我想到上海去，可是买不着车票，所以退出来的。"

秋兰抬头望去，见招呼自己的乃是从前学校里茶房老张的妻子，于是蹙了眉尖，向她急急地告诉。张大嫂听了，忍不住笑道："这真是你的好运气，你上海是可以去成的了。"

"张大嫂，你有办法给我买车票吗？"

秋兰听她这样说，芳心中一阵惊喜，她脸上立刻又浮现了笑容。张大嫂两片厚嘴一噘，说道："这两个月来买火车票，真是比登天还要难上万倍哩！我哪儿有什么办法呢？"

"你既然没有办法，那怎么说我上海可以去成了呢？"

"你不要急呀！我这儿有两张火车票，你瞧，我们不是去成了吗？"

"啊！张大嫂！你这车票是怎么买来的呀？"

张大嫂见她欢喜得要跳起来的样子，一时笑嘻嘻地拉了她手儿，说道："我告诉你吧，这两张车票还是三天前预先买好的，一张票子原是我邻居沈大娘买的，谁知昨天夜里，沈大娘忽然头痛发热地病起来，你想，她还能动身吗？所以这张车票，我原预备去退给车站的，如今遇到了你，那还不是你的运道好吗？"

"哦，原来是这么一回事，那真是我的好运气。张大嫂，我情愿多给你一些钱，你把这张车票卖给我吧！"

"崔小姐，你这话说得太见外了，车票是最最便宜的了，算我请客好了，难道我还要卖黑市吗？"

张大嫂一面笑嘻嘻地说，一面拉了秋兰手儿，便又走进火车站去了。两人急急走入月台，跳上火车，抢了座位。两人在坐上火车之后，那颗心儿才安定了许多，于是彼此又闲谈起来。张大嫂先开口问道："崔小姐，你到上海做什么去？"

"我去找一个朋友的，你呢？"

"我吗？不瞒你说，我是做生意去的。这年头儿，生活这么高，老张的月薪，不够开销，穷人没有法子，所以不得不动一些脑筋！"

秋兰见她红了脸儿，支吾了一会儿，方才说出了这些话，一时听了，还有些丈二和尚摸不着头脑，奇怪地问道："你一个女人，又有什么生意可做呢？"

"你到底是个不大出门的大小姐，所以外面市面就不大知道了。"

"怎么啦？张大嫂，你能告诉我一些听听吗？"

"崔小姐，这半个月来，上海物价还在竭力地限制，一切都照八一九的限价出售，但这儿的物价却不能限制地狂涨起来，所以我们只要到上海去跑一次，至少可以赚一些钱回来。比方说，我们到上海把限价的烟卷买了来，在杭州就可以照黑市卖去，差价少说也有两三倍。你瞧火车站上为什么有这样多的旅客呢？说穿了还不都是跑车帮的一群吗？"

"那么你到了上海之后，住在朋友家里吗？"

"不，在上海我们根本没有亲戚朋友的。上次我和沈大娘一同到上海去跑车帮，大家是住在小客栈里，开销二一添作五，平均负担。现在我一个人到上海去，假使要节省一点的话，我只好在露天里宿一宵了。"

"唉！现在天气已经很冷了，宿在露天里那怎么行呢？着了冷不是会生病吗？"

"为了赚钱，那也顾不得这么许多了。"

"张大嫂，我想到了上海之后，还是先在小客栈里耽搁一下吧！房钱我来负担，你车票请客，我客栈请客，你说好吗？"

张大嫂听她这么说，心里自然万分的欢喜，遂满面含了笑容，不过口里还表示很不好意思地说道："车票便宜，房金很贵呢！我不是沾你光了吗？"

"哪里哪里，你可别这么客气，我要如没有遇到你，我今天怎么能动身到上海去呢？"

"崔小姐，你到过上海吗？"

"好久不到上海了，上海的路径我也有些陌生呢！"

"你刚才不是说找朋友去吗？你朋友住在哪儿？其实你可以住到朋友家里去呀！何必为我去住小客栈呢？"

张大嫂这人倒也并不是自私自利的，她忽然想到了什么似的，遂向秋兰低低地劝告。秋兰连忙认真地说道："我也并不是完全为了你呀，因为我那个朋友家里我是不十分熟悉的，所以我不好意思一到上海就住到人家家里去。假使他有心叫我去住，我才能去住呀，你说是吗？"

"也好，那么我就不和你客气了。"

她们两人一面说着话，一面火车早已轧隆轧隆地开了。张大嫂这时又注意到秋兰身上穿着孝服，于是吃惊地问道："崔小姐，你穿谁的孝啊？"

"唉！我爸爸亡故了！"

"什么？崔老师已归天了吗？唉！这么一个慈祥的好人，多可惜啊！"

秋兰凄凉地回答，深长地叹了一口气，大有眼泪汪汪的样子。张大嫂表示非常痛惜，忍不住也感叹了一回。

火车到了上海，时候已午后一点多了。因为车上没有什么东西可买来充饥的，所以只好忍饥挨饿地出了北站。秋兰说道："我们先住小客栈，然后想法子叫客饭吃。"

"这样很好，你预备住哪个客栈呢？"

"我在上海不大熟悉，还是你做主意好了。只要有地方安身，不管哪个客栈都行的。"

张大嫂听了，遂伴同秋兰到火车站附近一家隆兴小客栈住下。两人先叫茶房倒盆水洗脸，吃过茶后，方才向茶房道："请你给我们去代叫两客蛋炒饭来吧！"

"对不起，这儿附近小饭店因为买不到米，所以都打烊，好多天没做生意了。"

"啊！上海闹着米荒吗？"

秋兰和张大嫂听了，面面相觑，都表示无限的惊奇。那茶房苦笑了一下，感慨地说道："上海的米实在是有不少存货，因为限价二十元一担，你想，一般米商怎么肯卖出来呢？听说黑市已经做到一百元一担了，你想，这年头儿还做得了人吗？今天是十月三十一日，明天就是十一月一日，听说限价卖要取消了。假使限价一取消，那么生活的高涨，前途真不堪设想了。"

"那么附近有什么汤面阳春面吗？给我们去买两碗来好吗？"

"不瞒你们说，连大饼油条摊都不做买卖了。"

"啊呀！那怎么办？我们肚子饿得厉害呢！真没有想到天堂似的上海，连大饼油条都没处买到。"

秋兰听了这话，不由着急起来回答。这时张大嫂心中的焦急，比秋兰更要厉害十倍。她焦急的，倒并不是为了肚子饿，因为听说限价明天要取消，那么明天物价一定要狂涨狂跳，自己假使买不到便宜货，这不是偷鸡不着反而要蚀一把米来了吗？所以拉了秋兰，急急地说道："崔小姐，我们还是到外面自己去寻食摊吧！"

"好的，我们快一块儿出去。"

秋兰点头答应，两人遂匆匆地走出隆兴小客栈。马路两旁的大小商店，都早已打烊，冷冷清清的，景象显得十分凄凉。张大嫂忙道："崔小姐，我要排队去买限价香烟了，你一个人去找寻吃食摊吧！回头我们隆兴客栈里再见！"

张大嫂心慌意乱的样子，一面说，一面早已向前急急地奔了。秋兰站在人行道上出了一会儿神，觉得号称第二巴黎的上海，今日会弄成这样的局面，那实在是意想不到的事情，因此忍不住深长地叹了一口气。一会儿她又想道，今天是星期六，乐明在下午当然是回家去了，那么我此刻还是先到嘉善路一百二十六号去找他吧！只要找到了乐明，那吃的问题一定也可以解决了。不过嘉善路向哪一个方向走的，我是一些儿也不知道，看起来还是坐车子去比较妥当。秋兰想定主意，遂向人行道外的三轮车夫一招手，说道："嘉善路去不去？"

"不去，不去！"

三轮车夫的态度有些像经理似的，连连摇头，管自地扬长而去。秋兰一连地问了五六个三轮车夫，他们都回绝着说不去。秋兰到此，真弄得有些奇怪起来，暗想：这个嘉善路到底是什么地方？为什么都不肯去呢？这时听旁边有个男子在恨恨地骂道："他妈的！这几天三轮车发了财，头颈骨石样硬，坐车子好像不出钱，别的都限价，只有三轮车没法限制的，路远还不高兴去，路近些开口就要两元三元，妈的，照法币算起来，要六百万九百万哩！这还了得吗？"

秋兰在旁边听了这些话，她心中的闷葫芦方才明白过来，暗想：这儿离嘉善路一定很远，所以他们不肯去呢！不过自己可不是老上海，既然这么远的地方，我陌陌生生的如何找得到呢？秋兰没有办法，只好继续讨车子。总算一个车夫答应去的，不过车铀说出来，叫秋兰要吓一跳，原来他讨八元钱。秋兰暗想，从杭州乘火车到上海，这么几百里的路程，车票也不过两元不到呢！想不到三轮车竟喊价八元，不是明明把我当作乡下人看待吗？心里一气愤，便情愿一路问过去。好在秋兰是识字的，所以一路找去，远不觉十分困难。但火车站是在闸北，而嘉善路却靠近沪西，这长长的路程，起码得花两个钟点。秋兰在走到南京路的时候，差不多已经三点半了。肚子越饿，两脚越加走不动。她只好又讨车子，总算三元钱成交，秋兰由三轮车驶送到嘉善路去了。

三轮车到了嘉善路，已经四点十分。秋兰急急找到一百二十六号大门，抬头见果然是座气派的洋房。于是急忙叫车夫停下，付了车钱，走到大门口来。见旁设有电话，遂伸手揿了揿。不多一会儿，那铁门上开开了一个小圆洞，有个门房似的男子探首出来，问道："找什么人呀？"

"对不起！高乐明先生在家吗？"

"我家大少爷不在家，你贵姓呀？找大少爷有什么事情？"

秋兰一听乐明不在家，心里一阵失望，两颊浮现了痛苦的颜色。不过她表面上还竭力镇静了态度，含笑说道："我姓崔，名叫秋兰，是你少爷的同学。我从杭州刚到上海，特地来拜望他的。"

"哦！原来崔小姐刚从杭州出来吗？本来可以请你到里面去坐一会儿，因为我家老爷太太大少爷二少爷全都有事情出去了，家里一个人也没有哩！我想崔小姐住哪儿请留个地址给我，明天叫我大少爷来望你好吗？"

"那……可不必了，我……明天打电话给他吧！"

秋兰因为自己住的是小客栈，当然不好意思向他告诉出来，遂支吾了一会儿，方才这么地回答。那门房点头说道："这样也好，明天是星期日，我少爷是

140

不上学校的。"

秋兰点点头，遂离开了这扇大铁门，向前匆匆地走了几步，但立刻又停了下来，呆呆地出了一会子神。这时暮霭已笼罩了大地，秋风一阵阵地吹在身上，街上是静悄悄的一无人声，只有汽车驶过后偶尔发出几声喇叭的声音，这音韵听在耳朵里也会感到一阵凄凉的成分。秋兰懒懒地拖着步子，一步挨一步地走，肚子里像雷鸣似的怪叫着。她想不到兴匆匆地到了上海，竟会受到这忍饥挨饿的苦楚，她心中一阵子悲酸，这就忍不住掉落眼泪来了。

"好容易的在一片小塘食店里给她发现了两只罗宋面包，这在秋兰心中，好像是茫茫无际的大海洋里发现了新大陆一样的欢喜，连忙走上前去，问道："这面包几个钱一只？"

"五角钱一只。"

"我买两只，这儿一块钱，你收下。"

"对不起，每人限购一只。"

店员摇摇头，在玻璃柜内只拿了一只面包给她，当他找给秋兰五角钱的时候，他又望了秋兰一眼，问道："你有市民证吗？"

秋兰被他这么一问，芳心不由得别别乱跳起来，她很生气地说道："那也太笑话了，买一只面包还得看市民证吗？难道我买了一只面包，藏在家里还做囤户不成？"

秋兰一面恨恨地说，一面拿了面包和找还的五角钱，理也不理地匆匆走了。走了几步路，那腹内的鸣声更加响起来，好像在催促着说：既然面包已拿到手了，为什么还不送到肚子里来呢？可怜秋兰活了这二十一年来，她在路上是向来不吃东西的，因为这对于一个女孩儿家，似乎太不雅观。可是今天，她再也顾不到这么许多了，终于像偷吃一般的，东张西望地瞧了一会儿，见没有人注意，方才把面包偷咬了一口，很快地咽到肚子里去。

那只罗宋面包并不十分新鲜，硬得像一块砖头，假使在平日，秋兰无论如何也吃不下去的，但此刻情形不同，秋兰不但不嫌其硬，而且还吃得津津有味，想起报上瞧到长春已有人吃人的消息，她觉得照此下去，人吃人的事实，恐怕有风行全国的可能了。

为了路上吃东西不大好看，所以秋兰竭力向冷僻的街上走。糊里糊涂的只管走着，她在黄昏的空气中根本没有注意到四周的一切。忽然一阵闹哄哄的人声，触送到耳际，使秋兰吃惊得连忙停住了步。凝眸向前面一看，不由呀了一声叫出来，原来无数无数的人儿，排成了长蛇阵似的，包围在一家米店的门口，远远地望去，还可以看清楚那米店的招牌是"民丰米行"四个字。但米行的门板只开了一半，门口横架几块长板，作为临时柜台。秋兰似乎听到有路人在说道："十月份户口米是最后一天了，拿米的人怎么不挤呢？这年头儿，穷人真活不下去！"

秋兰听了这话，心头有些儿悲哀，她觉得整个的民生问题，已到了最严重的关头了。她果果地站在对马路上，瞧着买米的人，少说也有几千，老的、少的，男的、女的，他们有的拿了面粉袋，有的拿了筲箕，神情好像临大敌一样的紧张，争先恐后，挤啊拥啊，这些人的脸大多都是干瘪而焦黄，有的流着汗，有的淌着泪，在惨淡阴沉的秋云映照之下，他们的脸色是凄惨得多么可怕呢！

他们都用力猛挤，谁都想拥到前面去，但是谁都防范着后面的人挤到他们的前面来，因此紧紧的像铁链锁住他们一般。他们的背脊贴着胸口，脚跟接着脚尖，鼻头碰着前面人的头发，大人的屁股可以碰到后面小孩的嘴巴，还有人骂道："断命痫痫，你把头不要老向后让呀，凑在我嘴巴上，我快要呕吐了！"

"你不要骂人，我癞痢也没有办法呀！"

大家听了，有的笑起来，但也有哭着的，这是街头巷尾展开的悲喜剧啊！买到米的人，又用力地向外挤出，因此胶着的许多人，不免又拥动起来。有许多气力较大的人，趁此机会拼命地挤上去，有的衣服被撕破，有的鞋子被踏掉，有的布袋被轧落，有的连人儿都被轧倒，他们嘶声地狂叫，他们悲惨地哭喊……因此站在马路上维持秩序的警员没有了法，他们只好硬了心肠，把手中拿着的竹竿，向正在拥挤人儿的头上狠狠地抽打上去。秋兰瞧到这里，以为他们一定忘记抽下去的下面都是人头，他们简直把这些人头当作石头般看待了，啪啪地抽打，打得竹竿破了，发出了咔咔的声音，许多人头也破了，泪水混流中又渗和许多鲜红的血水。

"妈特皮！你们再挤，打死你们！"

"该打的死坯！还要挤！还要挤！你们不要命了！"

骂声喝声，接着是打声哭声，把静悄悄黄昏的空气扰成了恐怖而可怕的成分，但是几千个人还是拼命地拥啊挤啊，因为他们要米，他们要吃，他们需要生存！

"你们不要挤呀！我老太婆快要被你们挤死了！"

"救命呀！松一松呀！我……九个月的身孕要轧下来了！"

"啊呀！我的气透不过来了！救命啊！救命啊！"

"你们不要叫救命，你们不要叫救命，我是有心脏病的，我听了，我害怕死了，我……手脚都发冷了！"

"救命！救命！我肚子疼极了，我不要米了，我要出去，我腹部痛死了！"

"唉！你这么大肚子，如何能来轧户口米？你家男人死了吗？真是作孽！现在挤上不能，挤出去不能，挤在中间动也不能动一动，那可怎么办？你真找死！"

"让让开，让让开，不好了，大肚子妇人脸都白了，快轧死了！"

你一句我一句，嘈杂的声音在空气中流动，警员们见要闹出人命来了，遂分开众人，把那个孕妇从人丛内拖出来，但那孕妇倒在地上，不会动了，接着"哇哇……"的哭声播送出来了。

"轧户口米产子，真是苦命孩子，这年头儿来投什么胎呢？"

"说不定将来倒是个大人物呢!"

"不好了! 不好了! 产妇晕过去了!"

"前世作孽, 今生才过这么个日子!"

话声不绝于耳, 但大家挤还是照旧的挤, 接着"呜……"的一阵怪叫的声音, 响入耳鼓, 白色的救护车在灰褐色的马路上到来了。

秋兰瞧到这儿, 再也不忍心看下去了, 她脆弱的心灵上好像镇压了一块笨重的石头, 她眼眶里也会贮满了晶莹莹的热泪。

等秋兰回到隆兴客栈, 时已七点多了。张大嫂等在房间里正在发急, 一见秋兰回来, 似乎放下心来的样子, 急急问道:"崔小姐, 你怎么直到此刻才回来? 朋友瞧到了没有?"

"朋友不在家, 空跑了一趟。你便宜货买到了没有?"

"轧得几乎要死, 好像抢似的买到了两条香烟。直到此刻还没有东西下过肚, 我打算今天乘夜车就回去。听说明天什么东西价格都调整, 火车票先涨四五倍。"

"你此刻买得到车票吗?"

"不管它, 我非去试试不可。崔小姐, 我走了,再见吧!"

张大嫂说完了话,心慌意乱地匆匆走了。秋兰也没有留住她,管自地坐到床边去,只觉脚底有些疼痛,全身软绵无力,她倒在床上,忍不住深长地叹了一口气。

第二天早晨,秋兰在附近好容易找到了一家装有公用电话的商店,于是打个电话给乐明。乐明在那边一听女子的声音,似乎已经知道了她是秋兰,便急急问道:"秋兰,你昨天刚从杭州出来吗?对不起!昨天我没有在家,累你跑了一个空。你此刻在哪里?我马上就来找你。"

"我在北站附近一家隆兴小客栈里,你快来吧!我们有话面谈。"

"好的,好的,我马上就来,回头见!"

秋兰听他说完,便把电话搁断了,她立刻芳心中好像得到了无上的安慰,觉得眼前透现了一丝新生的希望,于是她粉颊上的笑窝儿也不免又微微地掀起来了。

八　暖谷生春艳福几人享

一阵一阵动人心弦的音乐，不住地在耳际流动，舞池里的青年男女，还是热情地搂抱在一起，婆娑地欢舞着。在这里根本还想不到轧户口米的痛苦，更想不到民生问题是已经到了怎样严重的程度了！爵士音乐的兴奋、黑人乐队那种表情的热狂，十足还表现出国泰民安歌舞升平的样子。

在舞厅角落里坐了一对青年男女，他们紧紧地偎在一起，彼此的亲热情分，显然已达到了沸点的神气。这对男女就是高乐天和白苹了，他们自从认识之后，感情与日俱增，大有心心相印、不愿分离的意思。今天白苹约了乐天在舞厅里游玩，她的眉宇之间，似乎有些哀愁的样子。乐天见她虽然和自己非常亲热，但时时地长叹短吁，心中不觉有些奇怪，遂忍不住开口向她低低地问道："白小姐，我瞧你好像有些儿心事吧？"

"是的，我有心事，我……我非常的难过。"

白苹点点头，她显出可怜的意态，大有盈盈泪下的样子。乐天心头别别地一跳，遂紧紧地握住了她的手儿，关切地说道："你且不要难过，有什么为难的事情，你就告诉我听听，我们大家可以商量商量。"

"爸爸要逼我嫁人……"

白苹回答了这一句话，粉脸就伏在乐天肩膀上去，似乎在暗暗地啜泣起来。乐天听了这个消息，不由得沉吟一会儿，暗想：真有这样巧合的事情吗？这两天爸爸也竭力的要给我们弟兄俩说亲呢！于是拍拍她的肩胛，低低地劝慰她说道："不要伤心，你知道对方是个怎么样的人才呢？"

"这头亲事，在春天里爸爸就跟我说起了，我当时竭力反对，所以就冷了下来。如今爸爸又提起来了，还逼我明天下午去相亲呢！你想，这件事情该怎么办才好呢？"

"你知道对方姓什么叫什么？"

"我一些儿都不知道。"

"那你为什么还这样糊涂？"

乐天口里虽然是这样埋怨她，但心里却在暗想：不要埋怨别人，爸爸要给我们提亲，对方姓什么叫什么，我们不是也一些儿都不知道吗？这当然是因为不情愿的事情，所以并不上心的了。白苹秋波恨恨地逗了他一个娇嗔，说道："我不愿意嫁给一个陌陌生生的男子，我又何必去问得详详细细呢？"

"那你应当反对啊！"

"我当然反对，可是爸爸太专制，他一定要强迫我，所以我今天原是跟你来商量的，我想脱离这个黑暗的家庭！"

白苹鼓着红红的脸腮子，气愤地说，她似乎勇气百倍的样子。乐天听了，心头开始有些儿紧张，沉吟着说道："你要脱离家庭，你有什么准备吗？"

"我还有些首饰……我想只要你有勇气，我就是死了也甘心。只怕你没有胆量，你没有真心爱我……"

乐天见她一面说，一面又掉下眼泪来，一时心中颇为感动，遂下了一个决心的样子，安慰她说道："你不要伤心，在必要的时候，我一定可以跟你一同脱离家庭！你为了爱我，情愿牺牲一切，难道我不能为了爱你而牺牲一切吗？"

"你这话可是真的吗?"

"那可不是儿戏的事,我怎么能哄骗你?"

"乐天!我活着是你的人,我死了是你的鬼!"

白苹听他认乎其真地回答,她芳心中是得到了深深的安慰,遂把娇躯倒向乐天的怀内去,柔顺得好像是头绵羊的样子。乐天感动得很,情不自禁地低下头去,在她小嘴儿上紧紧地吻住了。过了一会儿,白苹才推开他的脸,坐正了身子,低低地说道:"爸爸逼我明天下午去相亲,你说我该去不该去?"

"我说你该去的……"

"为什么?"

"因为你既然存心嫁给我了,去不去都不成问题。为了将来出走时可以便利一些,那么你应该忍耐着去敷衍一回的。"

"你这正合着我的意思,可见我们的心已是一条了"。

白苹点点头,秋波乜斜了他一眼,忍不住赧赧然一笑。乐天握了她的手儿,一面得意地笑,一面故意逗她一句,说道:"我比方那么说一句,假使你明天去相亲,见对方的人品,倒比我还要俊一些,那你是不是会改变爱的方针了呢?"

"你问这一句话，是不是还信不过我？"

"我不是预先声明比方那么说一句吗？"

"乐天，我恨不得把心挖出来给你看。好吧！今天夜里我就把身子交给你了，你看如何？"

"苹！我跟你说着玩的，你何苦认真呢？"

乐天见她急得涨红了脸，无限哀怨地说，这就慌忙赔了笑脸，低低地说好话。白苹有些眼泪汪汪地说道："你何必巧辩呢？反正我的身子终是你的了，只要你吩咐一句，我就马上跟你走，使你可以知道我是真的爱你，还是假意的爱你。"

"好！那么你此刻马上跟我到扬子饭店去，你答应吗？"

"我为什么不答应？走啊！"

白苹果然站起身子来，表示立刻跟他走的意思。乐天在这个时候，一颗心儿好像吊水桶般的忐忑不停，一面付了茶账，一面挽了白苹，走出舞厅去了。在舞厅门口，乐天望了她一眼，笑嘻嘻说道："正经的，我们还是吃点心去。"

"这几天根本到处没有点心店，你到哪儿去吃？"

"隔壁无味斋还开门的，昨天我去吃过，只有一种菜馄饨，别的都没有，一元钱一碗，小账在内，不用外赏，吃一碗付一元钱，倒是挺爽快的!"

"也好，我们就去试试。"

两人说着，于是就又到无味斋门口。果然里面拥满了吃客，还有许多男女，排队等在那儿。白苹很生气地说道："吃一碗菜馄饨还要排队，那我可不高兴，我情愿不要吃。"

"这年头儿没有法子，明天到了菜馄饨也没处吃的时候，你就觉得菜馄饨也挺可宝贵的了。"

乐天笑了一笑，向她低低地劝告。白苹不忍拂他的意思，只好忍耐着性子，静静地排队等候着。足足等了半个钟点，才有了座桌给他们坐下，白苹深长地叹了一口气，笑道：

"肚子里还没有吃东西，我的两腿倒立得酸起来了。"

"若不是这样子，那也显不出菜馄饨的名贵了。"

在平日上馆子吃点心，侍者上来，先要问你吃些儿什么，有时候为了讨好吃客起见，还连珠炮似的数派了一大套，什么春卷、什么八宝饭、什么鸡球大馒头、什么各式炒面汤面……至于馄饨一类点心，除非是虾仁馄饨，否则，一般阔少爷贵小姐都是不要吃的。现在完全打倒贫富阶级，有钱的人也只好吃菜馄饨，没钱的人也是吃菜馄饨，侍者更可以省却问客人吃些什么的麻烦，只要见一个客人，拿上一碗菜馄饨，账房先生也不必再扳算盘子，爽爽快快，吃一碗一元，吃十碗十元，这是再简易不过的事情了。乐天一面拿了羹匙和馄饨，一面望着白苹笑道："我倒赞成这样大众化的点心店，本来上海人原是太会浪费一些。我希望将来吃食店也这样的节约，那么国家才有办法强起来了。"

"照你说，你还喜欢天天过这种日子吗？"

"不喜欢也得过呀！我问你，要如在平日，你会吃菜馄饨吗？但现在我见你把菜馄饨倒也吃得津津有味的样子，可见在这个时候有菜馄饨吃，实在还算是过着好日子哩！"

白苹被他这样一说，忍不住微红了脸儿，倒也不好意思起来，秋波乜斜了他一眼，笑嘻嘻地说道："并不是我吃得津津有味，因为半个多钟头等下来，此刻肚子真的也有些饿了。况且好容易等着了，难道还能不吃吗？就是没有菜，单是吃层馄饨皮子的话，那也只好吃下去呀！"

"这话就对了，到了荒年的时候，草根树皮，也把它当作海参鱼翅吃哩！"

两人这样说着，唏哩呼噜的就把两碗馄饨吃完。前客要让后客，时间相当宝贵，乐天白苹在桌子上放了二元金圆券，很快地走出了无味斋大门，只见天空已经是黑暗下来了。白苹故意问道："我们去哪儿？"

"还是早些回家吧！"

"扬子饭店不要我去了？"

"我说着玩玩的，像我们这样的知识分子，难道能干这些不合法不合理的事情吗？这到底太荒唐了。"

白苹听他这样说，一时暗暗佩服他的人格，想起自己的存心，倒不免感觉十分惭愧，遂红了脸儿，瞟了他一眼，说道："那么你信任我了？"

"我早就很信任你。"

"明天晚上，那时候我们再来一个决定。"

"再来一个决定？难道你还没有决定吗？"

"你不要误会，我是说我们决定一同离开上海呢，还是在上海另一个环境里生存？"

乐天见她很生气的样子，遂忙又向她低低地解释。白苹点点头，方才没有话说。两人坐了三轮车，遂一同顺路地各自回家。

乐天到了家里，走进上房，见哥哥也在房中，爸爸和妈妈似乎正在与哥哥说些什么正经事的样子。乐明见了弟弟，便笑着说道："弟弟，爸爸要你明天到五层楼相亲去，你去不去？"

"我不懂，你这是什么话呀？"

乐天对于这一句没头没脑的话，真是感到无限惊奇，遂目瞪口呆的，向他急急追问。高利民说道："就是上次我给你们说过的那个姑娘，论年龄说，和老二配成一对，那是很好的。"

"我不要，莫名其妙的婚姻，还是别谈。"

乐天不等爸爸说下去，就很不高兴地拒绝着回答，一面把脚恨恨一顿，一面便管自回房去了。高利民气得跳脚道："什么？这世界真是反了，老子的话，竟像放屁一般！小孩子翅膀还没有长成，就不把老子放在眼里，那将来还了得吗？哼！你不答应，我偏要你答应，除非你不吃我的饭。"

"爸爸，你不要生气，我去劝劝弟弟吧。"

乐明见父亲动了怒，只好小心地回答，一面站起身子匆匆地走到弟弟卧房来了。只见弟弟在室内团团踱圈子，而且口里还连连吸烟。因为弟弟向来不吸烟，此刻会吸起烟来，可见他心头烦闷到何种程度！于是低低地说道："弟弟，我们坐下来谈谈吧！"

"还有什么可谈的？我不愿意这种盲目的婚姻，

156

难道你预备给爸爸来做说客吗？"

乐天气愤愤地说，他几乎恨得要哭出来的样子。乐明忍不住好笑起来，拉了他手儿，一同在沙发上坐下，说道："你和白小姐是不是很有爱情了？"

"唔！……都是你介绍给我的，你……你……为什么不代我向爸爸说一些原因呢？"

"你别急呀！我的意思，你明天只管跟了爸爸去相亲，明天我也陪你一块儿去，等着见过了对方人儿之后，我们可以推脱说对方什么地方有缺点，所以你不中意，到那时候，我再把你有一个女朋友的话向爸爸告诉，你看这办法好不好？"

乐天听了哥哥的话，不由暗暗沉吟了一会儿，想道：不错，反正我和白苹已暗中约定一同脱离上海了，那就乐得假痴假呆地依顺着爸爸，何必表面上一定要反对呢？想定主意，遂点头说道："好吧，我明天一定去，反正人看人，不会蚀本。"

"对了，看只管看，成不成是另一个问题，这样使爸爸心中不会十分的动怒，你也乐得做一个听话的儿子。"

乐明这么说道着，乐天倒忍不住笑起来了。兄弟两人商量妥后，方才各自走开。第二天下午，高太太夫妇俩，带了乐明兄弟两人，一同坐了汽车开到大新公司门口停下。大家乘电梯到五层楼，侍者招待入座，一面含笑说道："对不起，只有清茶，没有点心了。"

"没有点心吃，这成什么样子？回头在女家心中想起来，还以为我们气派小哩！"

高太太平日不大出来，所以外面的市面她也不大灵通，她听没有点心吃，先不满意地回答。乐明笑道："妈，你不知道，这两天到处没有点心吃的，人家心中当然也明白的。"

"我们且坐下来再说，就是要调换个地方坐，也得等女方到来了再作道理。"

高利民这么说着，于是四个人在桌子旁坐下，侍者泡上四杯清茶。利民恐怕女方找寻不到，他便到电梯门口去等他们了。约莫五分钟后，利民方才引导着一男两女走过来。高太太见了，便和乐明弟兄俩起身相迎。只听利民介绍着说道："这位白志仁先生，这位白太太，这位白小姐。这是我内人，这是我的老大乐明，这是老二乐天。"

大家听了利民介绍之后，便含糊地招呼过了，然后又一齐地坐下来。利民忙叫侍者再泡上三杯清茶，笑着说道："做人活到五十多年来，连点心店没有点心吃，这才是真正天大的笑话。请你们到来，只好喝一杯茶，那真对不起！"

"不要客气，我想过了今天，明日限价取消后，一切货物就会应市的。"

白志仁含笑低低地回答，他的眼睛是只管注意到乐天的脸部上去。此刻在坐定了之后，乐天的眼睛也免不得向那位白小姐粉颊上望了一眼。这一望，不料四目接了一个正着。两人怔了一怔，不由得都哟了一声叫起来。利民志仁当然十分奇怪，面面相觑，似乎莫名其妙的样子。这时乐明先哈哈笑起来说道："爸爸，我告诉你吧，这位白苹小姐，原来就是我弟弟最知己心爱的朋友呀！他们本来是认识的，所以他们见了面，勿怪都要惊喜地叫起来了。"

"真的吗？哈哈！天下哪有这么凑巧的事情？"

"那好极了，那好极了，这头亲事那就绝对没有什么问题了。"

白志仁和高利民因为当初做这头亲事，他们儿女都非常不情愿，此刻方才明白他们之所以不情愿的原因，是为了他们已经另有所爱的缘故。可是万万也料不到他们所爱的人，就是父母给他们提亲的人，那么在他们可说是如愿以偿了，当然再不会有什么拒绝的意思了。两个老头子想到这里，都欢喜地大笑起来，大家忍不住兴奋地说。

这在乐天和白苹的心中，当然也是一件意想不到惊喜的事情。所以他们互相望着，拉开了嘴儿，却笑得合不拢来了。乐明这时又笑嘻嘻插嘴说道："白小姐！弟弟！你们何必还要相什么亲呢，恐怕你们的脸儿，彼此认识得快要画都画出来了吧？"

"好了！那么这头亲事算成功的了。"

白太太见乐天生得英俊可爱，真是丈母娘看女婿，越看越中意，她便爽爽快快含笑说出了这两句话。高太太也笑着说道："那么我们就拣日子订婚好了。"

"哈哈！瞧两位太太倒比孩子们还性急呢！"

随了高利民这句话，大家忍不住又笑了一阵。这时白苹和乐天的心头，除了喜悦之外，倒又赧赧然的怕起难为情来，所以两人都低了头儿，默不作声。乐明又打趣地说道："怎么啦？弟弟和白小姐此刻倒又装出真不认识的样子来了，我说这么好的音乐，你们两人快去跳一次舞吧！"

乐天听哥哥这样说，心中当然也很有这个意思，但恐怕双方家长笑话，终觉有些难为情，鼓不起这个勇气。不料这时乐队齐巧奏出一支婚礼进行曲的音乐来，还有女歌手在麦克风面前向大家说了几句歌词中"恭喜恭喜……"的话。大家听了都又笑起来，连说正巧正巧。乐天因为非常得意，所以他厚了面皮，站起身子，真的向白苹求舞了。白苹当然没有拒绝，笑盈盈站起，两人挽手儿走到舞池里去了。这时志仁夫妇和利民夫妇，四个老人家，眼瞧着这一对璧人那么亲热的模样，他们脸上的笑容也就没有平复的时候了。

在舞池里，白苹乐天故意跳远开去，混在别的对对舞侣中间，然后紧紧地抱住了，亲热了一回。白苹方才笑盈盈问道："乐天，这到底是怎么一回事呀？我真是弄得有些莫名其妙起来了，难道我们在做梦吗？"

"做梦？你不要乐糊涂了，这当然是千真万真的了。你听着，我告诉你吧！"

乐天于是把昨日和她分手回家后的情形，详细地告诉了她一遍，并且又得意扬扬地笑起来，说道："我真想不到对方的姑娘就是你呀！这不是天从人愿吗？"

"可不是？我哪儿想得到小官人就是你？乐天！我们可以不必脱离家庭脱离上海了。"

白苹羞答答的，喜滋滋的，说了小官人三字，她的粉颊便情不自禁的贴到他脸上去了。乐天紧搂她腰肢，也笑着道："幸亏我们没有糊里糊涂的先脱离家庭，否则，岂非多此一举？"

"这是我太糊涂，爸爸当初对我说小官人姓什么叫什么的时候，我曾经掩着耳朵，一句都不愿意听进去呢！"

"这是你的爱情专一。不过，你还记得昨天我对你说的话吗？不要见对方人品比我生得好，你就改变爱的方针。现在，你果然欢喜这小官人了！"

"嗯！你这话真气人！小官人还不就是高乐天吗？"

"哈哈！我该打！我是得意忘形，你可别生气呀！"

乐天见她撒娇地嗯着，还恨恨地白了自己一眼，这就笑出声音来了，连忙向她说好话讨饶。白苹的手儿，在他肩胛上拧了一把，也娇媚地笑起来。

舞罢回座，听他们大家已经商量好了，预备去看四点半的一场电影。看好电影，大家到晋隆饭店排队吃西餐。所以他们这晚回家，已经是九点敲过了。

乐明等回到家中，门房就急急地把杭州有位崔小姐来找过大少爷的话向大家告诉。乐明听了，慌忙问可曾留崔小姐在家里？门房说崔小姐明天会打电话来的。乐明遂也不说什么了，大家走进上房，高太太先问崔小姐是什么人，乐天不等哥哥开口，就把崔小姐是哥哥的女朋友，还把崔小姐和白小姐是同学的话，向爸妈告诉。高利民听了，很是欢喜，说弟弟亲事定了，哥哥最好也定一头亲。一面叮嘱乐明，叫他把崔小姐陪到家里来玩玩，看看她是否是个好人才。乐明听了自然十分欢喜，这晚他睡在床上，当然又做起好梦来了。

第二天早晨，乐明接到秋兰的电话，遂急急赶到火车站附近的隆兴小客栈。两人见面，悲喜交集，忍不住紧紧地抱在一起，秋兰是早已流下眼泪来了。乐明这时已瞧到她身上穿的素服，遂急急问道："你……怎么穿了孝？是不是你爸爸已经故世了？"

"是的……"

秋兰只说了一句是的，便伏在乐明的肩头上忍不住呜咽地啜泣起来。乐明听了，也不免落下眼泪，安慰她说道："人死不能复生，哭也无益。那么他老人

163

家的后事，你都料理舒齐了吗？"

"都舒齐了……"秋兰还抽噎着伤心。

"舒齐了就很好，从今以后，你就住到我家去吧！"

"你爸那儿没有问题吗"秋兰忧愁地问。

"有什么问题？他们见了你，一定喜欢你给他们做媳妇儿呢！"

秋兰听他这样说，一时挂了眼泪，倒不禁嫣然笑了。但笑出来之后，立刻又感到难为情起来，红了脸儿，赧赧然地低着头儿不作声。乐明去拉她的纤手，笑嘻嘻地又立刻告诉她说道："秋兰，你还不知道吧？白苹已做我弟弟的媳妇了。"

"什么？她嫁了你弟弟？"

"是的，想不到你们同学两人竟变成妯娌俩了。"

"我……我……一定能嫁给你吗？"秋兰还将信将疑的样子。

"为什么不呢？"乐明满面含了笑容。

"因为……我……比不上白苹家里有钱……"

"你不要说下去了，我爸妈决不讲究贫富关系的，你放心好了。秋兰，几个月不见，你更美了，我们亲热亲热吧！"

乐明一面安慰她说，一面挽了她脖子，要去吻她的小嘴儿。秋兰如何还有拒绝的勇气呢？这就柔顺地给他一些儿甜蜜的温存。过了一会儿，秋兰才推开他身子，哀怨地瞟了他一眼，说道："我想不到上海会变成这个样子，昨天到了上海，没有地方吃饭吃点心，可怜好容易找到你的家里，还碰了一个空。你想，叫我伤心不伤心？我真有些无意做人了。"

"啊呀！你不要太痴想了，你若无意做人，叫我怎么办呢？真可怜，难道昨天你一整天没有吃过东西吗？我此刻马上陪你吃点心去吧！"

"馆子店不是都打烊吗？"

今天限价取消，百物都涨了价，我想东西一定都有得买了。你房金付了没有，我们马上吃点心去！

"房金昨天就付了，还可以找还几元钱呢！"

"几元钱就给他们小账吧！你行李呢？我来给你拿。"

"没有什么行李，只有这只小提箱。"

乐明听了，一手提了皮箱，一手拉了秋兰，便匆匆出来隆兴小客栈。人行道旁停了一辆簇新汽车，乐明开了车门，给秋兰坐上，然后他也匆匆跳上汽车，自己驾驶开到冠生园茶室去了。

秋兰此刻坐在软绵绵的汽车里，想到昨天讨不着车子只好走回来时候的苦楚，觉得今天真是一步登天一样，她芳心里的忧愁、痛苦、悲伤，什么都没有了，她觉得从今以后，她是步入幸福的乐园了，因此坐在车厢里，她独个儿的也会笑出声音来了。

乐明陪了秋兰在外面吃饱了点心，方才送她一同回到家里，把她介绍给了母亲和爸爸。今天原是星期，乐天也在家内没有出外。当下大家招呼过了，秋兰自然显出特别幽静的样子。高太太见秋兰容貌不亚于白苹，当下拉了她手儿，问长问短，表示无限亲热。利民也很欢喜，自然也看中她做大房的媳妇了。

为了恐怕物价向上飞涨，所以利民的意思，预备在最短期间内给他们两个儿子举行婚礼。当下征求了白志仁的同意，至于秋兰这一方面，当然绝无问题。于是在十一月十五日那一天，假座大东酒楼，给乐明弟兄俩一同结婚。这时候的米价，每担已经由二十元高升到一千元，别的物价也均上涨了二三十倍以上，真仿佛春天里的草木一样，欣欣向荣地蓬勃起来。

这天晚上，乐明乐天洞房花烛，新婚燕尔，真所谓：玉人在抱，暖谷生春，其甜蜜温情之滋味，不足与外人道也。但际此生活高涨的时代，能有几个人像他们这么舒舒服服过着芙蓉帐暖、如鱼得水那么的快乐生活呢？试看那街头巷尾，流浪着飘零的一群饥无食、寒无衣的人，不必说什么玉人在抱，暖谷生春，在这秋风凄厉、叶落梧桐之时，这整个的民生问题，该怎么样去解决呢？